TOTALSCHADEN

TotalSchaden

Jeannot Simmen / Jim Rakete

B&S

SIEBENHAAR VERLAG

Dieses Buch erscheint als Dank von
Jörg Richard Lemberg und Michael Schultz für
neun Trinkrunden Château Pétrus mit
dreissig Rotwein-Enthusiasten.

Inhalt

Vorwort

Der Titel des vorliegenden kleinen Büchleins „Totalschaden" stellt zuerst einmal gedankliche Verbindungen zu einer Karambolage her, zu einem Unfall. Erst auf den zweiten Blick und eher zögernd stellen sich Assoziationen ein zu dem allerhöchst genussvollen Abend, den wir unter Gleichgesinnten, Freunden und Bekannten verlebt haben. Trotzdem ist der Titel passend für das, was da passiert ist und was der Welt an diesem Abend verlorenging. Im Rahmen unser Pétrus-Trinkrunden wurde von dem Jahrgang 1926 die letzte bekannte Imperial Abfüllung getrunken und vom Jahrtausendwein, dem 1945er Pétrus, die letzte Doppelmagnum verköstigt. Sieht man die Sache von dieser Seite, ist da in der Tat ein nicht wieder gut zu machender Schaden entstanden.

Andererseits sollten sich unsere Freunde an diesem Schaden erfreuen und ihn als Geschmacksereignis auch mit nach Hause nehmen. Denn ein Tropfen dieser Güte ist eben nichts Alltägliches und der Genussmoment hält bei solchen Ausnahmeweinen bekanntermaßen sehr lange vor.

Damit dieser unvergessliche Abend im Gedächtnis der Teilnehmer lebendig bleibt und auch für die Nachwelt in einer anderen Form erhalten wird, haben wir uns entschlossen, dieses Büchlein als Dokument des Totalschadens herauszugeben.

Jörg Richard Lemberg
Michael Schultz

Kopf des Dionysos, Bacchus, römisch, 2. Jh. n. Chr., Marmor, Höhe 42 cm.

Jeannot Simmen

Die Ritter der Tafelrunde. Pétrus

Schwer danach – gut gelaunt. Am nächsten Morgen tauchen Erinnerungen auf an das dunkle Rot, das opak und stets opaker im nächsten Glas strahlt und schimmert. Ruhig danach: Das Rot pulsiert durch die eigenen Adern, spürbar werden Metamorphosen, wird die Wandlung vom Reben- zum Lebenssaft. Wein und Blut lassen an antike Verwandlungsmysterien denken, an orgiastische Besäufnisse. In jenen Zeiten soll schwerer Wein das Blut der Trinker zu Ekstasen beschwingt haben. Extensive Ausschweifungen erregten schon im alten Rom Skandale. 186 v. Chr. schlugen die Tugendwächter zurück. Nach dem Geschichtsschreiber Flavius Josephus deckte der sittenstrenge Konsul Postumius einen Bacchus-Skandal auf und ließ die härteste Bestrafung folgen. 7000 Frauen und Männer sollen hingerichtet worden sein, die Bacchusfeste wurden offiziell verboten.

Dionysos war in der griechischen Götterwelt der Gott des Weines, der Fruchtbarkeit und Ekstase – eine gute Mixtur. Der von Griechen und Römern auch Bakchos oder Bacchus (der Spross) genannte Gott war Sohn des Zeus und der Semele. Ein Weinstock wuchs, wo die Mutter starb. Die Frucht ihres Leibes, Dionysos, wurde zum Gott des Weines und damit zum Gott des Rausches. Wein kredenzte er im Überfluss und wurde zum grossen Verführer: Frauen, die vor Liebe rasenden Mänaden, zerrissen in höchster Lust nicht nur den König, sondern selbst ihre eigenen Kinder. Euripides dramatisierte solch ein Schicksal in seinem Stück „Die Bakchen".

Mit dem Christentum wurde auch der Weinzugang reglementiert. Im Kult der Eucharistie verkörperte sich diese Wandlung, weil der Wein nicht mehr nur symbolisch, sondern wortwörtlich das Blut Christi darzustellen hatte. Anders als heute reichte man im Mittelalter und der frühen Neuzeit beim Abendmahl Rotwein. Doch die Gemeinde gab sich da keinem Exzess hin, der Genuss am Wein minimalisierte sich zu einem allegorischen Akt des Lippenbenetzens.

Schade – Trauer danach, nach den Trinkrunden. Später am Abend, nicht nüchtern, eher hellsichtig. Begierig! Bitte: Alles nochmals: Jeden Tropfen, jedes Schlückchen, jeden Genuss, all' das Schwenken im Glas, das Anschauen, all' das Erstaunen, das Riechen und Betörtsein, all' den Geschmack in Mund und Gaumen. Da capo! Alles noch einmal, noch mal das Genießen und den absoluten Genuss.

Gute Weine kennen einen anderen, einen eigenen Zeitrhythmus. Tempo und Hektik werden relativ. Wie kann man zurück, sich selbst wieder ins normale Leben entlassen nach diesem Pétrus-Hochgenuss? „Bei den berühmten Marken, den grands crus, den Auslesen, gehört das Maß zum Genuss; die Unmäßigkeit verbietet sich von selbst bei Libationen, zu denen die Kraft der Erde und die Kunst des Menschen sich vereinigen" – so meinte Ernst Jünger in seinem luziden Buch „Annäherungen. Drogen und Rausch", das erstmals 1970 erschien. Jünger fährt dort fort: „Hier zählt der Tropfen, und dem Winzer ist der Kenner unentbehrlich – als jener, der die Spende würdig … begeht. Wenn er das Glas hebt, scheint er weit hindurchzublicken, und wenn er kostet, gleicht er dem, der nicht nur eine Melodie hört, sondern das Schweigen hinter ihr errät."

Für mich gibt es nur Wasser am nächsten Tag, erst spätabends ein Gezapftes. Den Tag minder konzentriert verbracht. Stärker spürbar werden die tagtäglichen Belanglosigkeiten. Wein im Blut schafft Durchblick, stärkt die Sinne und schärft das Wahrnehmen im Außen. Man kommt nicht umhin, radikal sich die Sinnfrage zu stellen: Warum sich nicht häufiger dem Rausch ergeben? Alkoholische Verführungen sind stärker als der normierende Anstand, als alltägliche Normalität. Erst rauschhafte Halluzinationen steigern sich zu Erfahrungen mit und durch mich selbst! Dahinter verbirgt sich das, was schon Ernst Jünger erkannte, die „Sehnsucht nach einer geistigeren Welt … Dazu kommt, dass die Zumessung in Raten dem Wesen des Rausches widerspricht. Er folgt im Überfluss, der anschwillt und sich speichert, begleitet den Wechsel einer festlichen Welt." Intentionslos glücklich – Schwur heiliger Art: Lass die Sinne, lass Augen, Nase, Zunge, Gaumen pausieren nach dieser Höhe! Warte ab! Was soll weiteres Rotwein-Trinken nach diesen glückhaften Zauberbouquets? Und es

Hendrik Goltzius, Tantalus, nach 1585, Kupferstich.

folgt ein selbst auferlegtes Gebot: Nie wieder jene Roten trinken, von denen viele am Markt lagern, nicht im Mittelfeld sich tummeln, nicht an den unteren Spitzen sich dilettieren! Qualität fordert, schreit nach Qualität!

Auftauchend ein Bild, ein Kupferstich von Hendrik Goltzius. Groß ist die Figur des stürzenden „Himmelsstürmers" in dem manieristischen Tondo von 1588. Der antike Tantalus fällt und erleidet in der Folge Totalschaden. Er wird unten rechts, ganz klein als Leidender gezeigt: Tantalus steht in einem Teich. Direkt vor ihm ein Birnbaum. Will er eine Frucht pflücken, weichen die Äste, will er Wasser trinken, dann senkt sich der Wasserspiegel. Diese Qualen sind die schlimmsten, alles scheint in greifbarer Nähe, doch ist Tantalus zu ewigem Durst und immerwährendem Hunger verdammt. Der Halbgott wurde bestraft, weil er verbotenerweise die Sterblichen, das heißt uns, von der Götterspeise Ambrosia kosten ließ. Sein Sturz war die Rache jener Götter, die um ihre Privilegien fürchteten.

Sind wir Pétrus-Jünger nicht ebenso bestraft? Wir kennen die qualitativen Höhen, labten uns in einer ausgedehnten Vertikalprobe am Spitzenwein Pétrus. Was kommt nun? Der Sturz? Das Zurückfallen? Das Absteigen von höchster Höhe? Keine Frage: Die Trauben wurden mit diesem Abend schlichtweg höher gehängt, zu hoch, um sie wieder zu erreichen. Wir können uns nicht, wie der schlaue Fuchs in Lafontaines Fabel, einfach herausreden und davonmachen. Das Begehren liegt nun in uns, wirkt fort, bleibt als Forderung und schwer erfüllbarer Anspruch bestehen.

Auf die alltägliche Begrüßungsformel: „Wie geht's?", antworte ich am Tag darauf mit Verve: „Sehr gut!" Ich erntete erstaunte Blicke und Nachfragen, weil die Frage allein als rhetorische Floskel in den Raum geworfen worden war. Meine Reaktion deutete auf das Außergewöhnliche, auf den exklusiven Höhenflug. Doch besser, nichts zu erklären. Allzuviel, das wäre angeberisch. Andeutungen müssen genügen. Selbst auf kennerhafte Insistenz antworte ich ausweichend. Verraten werden nicht die Jahrgänge, nicht die hohe Zahl der Trinkrunden.

Angeschlagen – doch strahlend. Erdenschwer im Gang, doch innerlich lächelnd, erfüllt von hoher Ruhe. Gott, der liebe Gott wandelte auf den Pomerol-Hügeln und taufte da alles mit Merlot-Traubensaft. Gott scheint hochverehrt in den Bordeaux-Landschaften und geliebt. Es kann nicht anders sein: Adams Apfel war ursprünglich bestimmt eine Merlot-Traube. Der Paradigmenwechsel von der antiken Traube zum christlichen Apfel versinnbildlicht nur vordergründig Tugendhaftigkeit, im Hintergrund erkennen wir moralische Normalisierung und sittliche Einengung.

Und all' das hält so unbeschreiblich lange vor – Caudalies endlos. Eine gleichsam angehaltene Empfindung von Geschmack. Die Dauer der Erinnerung an die Qualitäten des Pétrus sind „extraordinaire". Nach der Zungen- und Gaumenberührung wirkt der Geschmack weiter und bleibt nach- und anhaltend. Das Mass für eine Sekunde Nachhaltigkeit (so informiert der „Kleine Johnson") sei „1 Caudalie … 20 Caudalies sind gut, 50 sind grandios". Meine Erinnerung übertrifft diese Kurzzeiten. Da war alles nach Stunden noch abrufbar und sensationell erinnerlich. Was wir erlebten, war eine Potenzierung der Nachhaltigkeit, hunderte Caudalies.

Wie hieß doch jener Gourmet, der stets exklusiver und erlesener sich die Speisen zubereitete, bis hin zum Verhungern in höchster Qualität? Er labte sich zuerst an Speisen, dann an den daraus bereiteten Saucen, zuletzt allein noch an den Aromen der duftig gesättigten Lüfte. Was für eine Sublimation des dinglich Stofflichen: vom Wassergebundenen zum ätherisch Verfliegenden. Da konnte kein Überleben sein. Der Gourmet wurde schmal und schmaler.

Der Abend – dennoch vergangen. Er wurde wortwörtlich ausgekostet. Auch mit Aufwendung stärkster Mittel und größter Reichtümer ist das nicht wiederholbar. Die letzten der großen Jahrgänge sind verkostet, die Flaschen offen und leer. Ausgetrunken inmitten des Freundeskreises der beiden spendablen Gönner, in einer neuen Gemeinschaft.

Ein Weinabend, der aus einem Frühstück kam

Der Handel mit Kunst ist stets mit persönlichen Kontakten verbunden. Und dieses Verbinden und Verbünden soll man früh beginnen, etwa beim Frühstück. Morgenstund' hat Kunst im Mund. Januar 2006 frühstückten Jörg Richard Lemberg und Michael Schultz in einem Hotel in der Friedrichstrasse. Sie hatten sich davor auf dem Stand von Michael Schultz auf der Kunstmesse Art Cologne kennengelernt. Beim Frühstück wurde über das Sammeln von Kunst und Weinen geredet. Bereits um neun Uhr waren Kunstsammler und Kunstverkäufer in der Galerie; in kurzer Zeit waren Bilder von Penck, Bisky, Seo und Cornelia Schleime ausgewählt – eine stattliche Sammlung an Kunstwerken. Dann ging es ans Handeln; doch eine Einigkeit wollte sich nicht einstellen. Schließlich wurde von Jörg Richard Lemberg eine Flasche Pétrus (Jahrgang 45!) ‚draufgelegt‘, mit dem Versprechen und der Aussicht, diese mit ein paar Freunden gemeinsam trinken zu wollen. Aus den zwei Personen wurden zehn, dann gut 30 Freunde und die Pétrus-Flaschen vermehrten sich zwangsläufig und wunderbarerweise. Teils kamen sie aus dem Keller des Kunstsammlers, teils wurden sie ohne Rücksicht auf Verluste erworben.

Michael Schultz erzählte diese Geschichte zu Beginn des Abends – und wir schätzten uns glücklich, nun am genussreichen Abschluss dieses Wunders teilhaben zu dürfen. Die Geschichte erinnert an den sogenannten „Potlatsch“, jenem rituellen Gabentausch, den indianische Stammesgemeinschaften untereinander bis zum Ruin pflegten. Bei diesem Handel wurde nicht etwa Geld gegen Ware getauscht, kein unpersönlicher Geld- oder Finanzverkehr betrieben, sondern vielmehr ging es um Geschenke. Da beehrte der eine indianische Häuptling den anderen, der sich so beschämt mit einer größeren Gegengabe revanchieren musste. Der damit einsetzende Teufelskreis führte in Extremfällen zur Auslöschung ganzer Stammesgemeinschaft, zum Totalschaden, zum Ruin.

Der Abend – Die Kunstgalerie als Genussort

Dreissig Gäste waren geladen, neun Runden vereinbart. Zwischendurch aßen wir vorzüglich, wobei nicht, wie sonst, der Wein sich dem Essen, sondern das Essen sich dem Wein anpasste. Die „Menübegleitung“ (siehe S. 51) diente der Pétrus-Verkostung. Zur Stärkung wurde Essen gereicht, ein stattliches Gastmahl mit sechs Gängen. Selbstredend wurden alle Flaschen Stunden zuvor dekantiert.

Was für ein Glück: kein einziger der Weine war durch Korkenfäulnis beeinträchtigt. Also neun Trinkrunden voller Genuss. Die Weine wurden stets im gleichen Glas serviert, jeder Trinker leerte dieses bis zum allerletzten Tropfen, dann wurde nachgeschenkt. Die Bilanz lässt sich sehen: Ein Dutzend Flaschen Pétrus wurden geleert – geniesserisch vereinnahmt wurden Einzelflaschen, Magnum- und Doppelmagnum, Jerobom und Imperial: Gut 30 Liter allerbesten Bordeaux-Wein. In uns wirkt weiter, was die Natur, was die Weinkultur und die Weinbauzivilisation über Generationen geschaffen hat.

Der Abend war voll Sonne, deren Wärme sich wohltuend dehnte. Alle standen zuerst vor der Galerie auf der Strasse. Die Schaufenster von „Michael Schultz – Art Contemporary" waren eher beiläufig abgedeckt. Papierbahnen kaschierten den Blick, boten einen behelfsmäßigen Sichtschutz. Die Gäste fanden sich zu ersten Gespräche zusammen, ein kühler, erfrischender Champagner von Bollinger eröffnete den Abend und Appetit-Häppchen wogten vorbei, zubereitet und serviert von den Kellnern des nahe gelegenen „San Giorgio". Die Einladung empfahl „Leger Blazer". Leicht overdressed, entledige ich mich still meiner schmückenden Fliege!

Auf zum Wein. Wir werden in die Galerie gebeten und sind voller Erwartungen. Das Jackett, die Jacketts werden schnell ausgezogen und über den Stuhl geworfen. Helle Hemden überwiegen, keine Krawatten. Alles verströmte gespannte Heiterkeit. Denn jeder wusste: Etwas Großes steht bevor. Weniger der Gesellschaft wegen, das ließe sich wiederholen, nein, es sind die Weine, die diese außergewöhnliche Atmosphäre geschaffen haben. Sie sind die Stars des Abends. Sterne die leuchten wie Meteoriten, deren Schweife lange sichtbar bleiben, an die man sich noch lange erinnert.

Wir verstehen uns als Erfüllungsgehilfen, als willige, ja begierige Pétrus-Vereinnahmer. Wir sind freudestrahlende Endverbraucher, die in einigen Stunden verkosten und pokulieren, was wochenlang bearbeitet, monatelang sorgsam gehütet und noch viel länger gekeltert wurde. Was auf jahrzehntelanger Hege und Pflege, was auf dem langsamen Wachstum der Rebstöcke, die im Château Pétrus erst nach vielen Jahrzehnten ersetzt werden, steht nun vor uns. – Was für ein Glück! Aufgehoben für einen einmaligen Genuss, für uns und für das Hier und Jetzt!

Henrik Goltzius, Bacchus, um 1590, Kupferstich, 248 x 180 mm.
„Oblecto duci ... dator". „Ich erheitere die trauernden Herzen als geliebter Sorgenbrecher, ein Feind der Traurigkeit und ein Spender der Freude."

Der Tisch ist einfach gedeckt. Less is more. Alles ohne Überfluss: keine Kerzenständer, keine Blumengestecke, kein Firlefanz. Die von Hand geschriebenen Tischkärtchen, auf dickerem Büropapier, dienen der Orientierung, sie haben keine dekorative Funktion. Die Galerie ist hell und von angenehmer Nüchternheit. Das Neonlicht bleibt den ganzen Abend gleich: weder festlich, noch störend, nur hell. Das Ganze kommt ohne Schickimicki-Allüren, ohne tumbe Gemütlichkeit aus. Wir kosten mehrere Jahrgänge eines Weingutes. Wir trinken und wollen in der tiefen Genussfähigkeit ungestört bleiben, das darf nichts Kuscheliges haben, jeder kitschig-betörende Überfluss stört da nur.

Der Tisch bildet eine L-Form, der längere Balken verläuft vom Eingang längs der Fensterfront, der andere weist nach hinten, etwa ab der Eingangstür. Im Knick sitzt der Hausherr und Gastgeber Michael Schultz. Der Galerist schaut auf die lange Tafel und überblickt die beiden Seiten. Am Ende des langen Balkens sitzt der barocke Genussmensch Karlheinz „Karlo" Wolf, der Gründer von Rungis Express, Pommery Deutschland. Heute organisiert er monatliche Weinproben von internationalem Rang in Steinbach am Allersee (bei Salzburg). Meist sieht man ihn stehend. Er organisiert, schaut durch die Gläser und tief in die Gläser, die sich immer wieder langsam aber stetig leeren. Füllen und Leeren. Karlo verbreitet eine ansteckende Fröhlichkeit mit seinem polternden Lachen und den Wortkaskaden. Er präsentiert von seinem Platz aus alle Weine wortgewandt und informativ (siehe S. 31-49). Er ist der heimliche Regisseur des Abends, denn er kennt die Einsätze. Er choreographiert die Abfolge der Jahrgänge bis hin zum Schlussbouquet des legendären 45er Pétrus und des grossen Jahrgangs 1926.

In der Mitte des langen Tisches und inmitten von Freunden sitzt der Kunstkäufer und zweite Gastgeber Jörg Richard Lemberg. Der eigentliche Ideengeber dieses Rotweinabends begrüßt und unterhält die vielen Freunde, die teilweise von weither gekommen sind. Er, der Sammler und Jäger, der Abenteurer und Investor, erzählt von seinen Oldtimern und berichtet von verborgenen und gehobenen Weltmeerschätzen, von seiner respektablen Sammlung an Kunstwerken und Rotweinen.

Pétrus-Jünger: Die Ritter der Tafelrunde.

Versammelt haben sich vornehmlich Männer, gestandene Figuren. Die beiden Gastgeber mischten ihre Freundeskreise und optimierten sie mit den Besten. Michael Schultz und Jörg Richard Lemberg vergaben Einladungen an gut dreißig Freunde. Wenige Teilnehmer kennen sich. Die lockere Tischordnung, in der sich die Kreise kreuzen, ist raffiniert gefügt. Die Freunde des einen sitzen zwischen den Freunden des anderen. Spontan entstehen Annäherungen und Gespräche. Die gegenseitige Neugierde der Auserwählten wächst.

Die Teilnehmer sind von weit her angereist: Extra für diesen Abend flog ein Gast mit seinem Privatflugzeug aus Aspen, Colorado, ein, andere kamen aus den europäischen Metropolen Amsterdam, Paris, Lissabon, Madrid, Istanbul, einige aus dem Rheinland, einige aus Berlin. Verschiedene Teilnehmer nahmen in Kauf, nur wenige Stunden zu schlafen, da sie ihre Flieger in aller Frühe zu erreichen hatten. Doch wer hätte sich schon solch ein Geschenk entgehen lassen wollen!

Der Rotwein, die Herren; eine Männergesellschaft samt einer Ausnahme-Bellezza. Die Stimmung ist entsprechend viril, rückhaltlos, ausgelassen und lautstark. Man rückt sich näher, wenn nicht gebuhlt, wenn nicht der Dame hofiert wird. Ritter der Tafelrunde: Jeder erzählt von seinen Kämpfen und Schlachten, Siegen und Verlusten. Alltägliches und Profanes. Allein im Privaten zeigt sich das Quäntchen Schicksal, da wird das Leben ins Tragische frisiert. Zwischen Verlassenwerden und neuer Liebe, Glück der Einsamkeit oder einsamem Glück. Erst später am Abend, zum Nachtisch schmücken mehr und mehr Frauen, Freundinnen, Geliebte die Männerrunde. Ihnen bleiben Reste, „wenn der Wein zur Neige geht", allein rote Pétrus-Tropfen. Trostweise reicht man die absoluten Genuss-Erlebnisse wortreich weiter. Und da wir in einer Ära globaler Kommunikation leben, wurden die Gaumenhöhepunkte augenblicklich in alle Himmelsrichtungen versandt, per Emails und SMS.

Ritter der Tafelrunde – Männer als Macher und Jäger, die auf den unterschiedlichsten Geschäftsfeldern tätig sind. Handelsagenten, Museumsdirektoren, Chefredakteure von Zeitungen, Herausgeber von Kunstzeitschriften, juristische Berater und Vorstände, Botschafter & Selbständige. Alle mitten im Leben stehend. Der Rotwein-Genuss gibt Saft, macht jung und initiativ. Wir sitzen in einer Kunstgalerie, zurückhaltend bespielt mit Werken von Patrick Strzelec, doch Kunst steht an diesem Abend im Hintergrund. Die Versammlung setzt sich zwar aus Kunstfreunden zusammen, doch entstehen kaum Gespräche über die ausgestellten Werke. Die Interessen sind handfester, es geht um Genussfreude und stoffliche Begierde, nicht um ein betrachtendes und distanziertes Räsonnement. Die Ritter dieser Pétrus-Tafelrunde sinnieren nicht ästhetisch, sondern sind von Leidenschaft und Begehren erfüllt. Es muss heute, am 11. Mai, ausgekostet werden, was seit der Einladung Versprechen war und was so lange ein geradezu fieberhaftes Interesse weckte!

Macher und Geniesser sind zusammengekommen. Ein Mann ein Baum. Ein jeder erzählt starke Geschichten. Der Raum ist voll von Stimmengewirr. Das Leben lieben und es in vollen Zügen packen und formen, so die vorherrschende grundsolide und rundum positive Haltung. Weintrinker sind keine Softies oder Jammerlappen: Warum klagen, dies zweifelhafte Privileg dürfen andere für sich in Anspruch nehmen. Wir trinken!

Nach den ersten Trinkrunden werden die Teilnehmer einzeln nach hinten gebeten zu Jim Rakete, dem Starfotografen der Rock-, Prominenten- und Kunst-Szene. Sein Signum sind entschiedene Schwarz-Weiss-Kontraste und die bewährte Qualität analoger Aufnahmetechnik. Er porträtiert alle Teilnehmer in einem für diesen Abend eingerichteten Studio. Man fühlt sich geehrt von Jim Rakete, dem legendären Fotografen, abgelichtet zu werden. Später bannt er auch die schon stark fortgeschrittene Runde der Teilnehmer auf Negativfilm. Er und sein Assistent bleiben nüchtern und es fragt sich, was die Aufnahmen der begeisterten und alkoholisierten Rotwein-Enthusiasten verraten werden?

Einige stehen danach und rauchen, Zigarren sind gefragt und Hochprozentiges wird getankt. Das erfüllte Trunkensein, diese traumhafte Schwere verbindet die Gäste und lockert die Tischrunde. Gruppen bilden sich spontan, stehend oder sitzend auf zusammengerückten Stühlen, jenseits aller Ordnung. Eine heitere Gelassenheit breitet sich über die Gesellschaft aus, eben jenes Glück eines vollendeten Rotwein-Genusses. Und nun, nach den zehn Trinkrunden, vergrößert sich die Männergesellschaft durch das Einschleusen, der bislang vornehmlich ausgeschlossenen Damenwelt.

Der Abschluss

Zu guter Letzt werden dann die vielen Flaschen von hinten nach vorne transportiert und auf einem Tisch im Galerieraum präsentiert: Was für ein Glück, dabeigewesen zu sein. Was für ein Jammer die Bouteillen leer zu sehen. Weit nach Mitternacht, als jedes Rotwein-Glas leer und kein Pétrus zum Ausschenken übrig ist, wird wieder Champagner gereicht und schließt den Kreis zum Beginn.

p.s. Nachtragend: Beim letzten Flight ‚um die Ecke‘ gemusst. Mein vorher noch gefülltes Glas mit besten Pétrus war mysteriöserweise leer bei meiner Rückkehr. Tja, die Begierde solch einer Ritterrunde, ist schlichtweg nicht zu domestizieren!

Andrea Mantegna, Das Bacchanal, um 1490, Kupferstich, 300 x 440 mm.

Petrus der Heilige – Pétrus heilig im Pomerol

In der christlichen Legende gilt Petrus als der erste und wichtigste Jünger Christi. Er ist der Apostelfürst und wird vom Gottessohn zum Nachfolger berufen. Petrus heißt der Fels und auf diesem wird die Kirche der nach-österlichen Zeit errichtet. In der bildenden Kunst erscheint Petrus überwiegend als kräftige, gedrungene Gestalt, mit rundem Kopf und gelocktem Haar. Er trägt einen kurzen Bart und als ‚Insignien‘ wahlweise die Heilige Schrift, den Schlüssel zum Himmelreich und nicht selten den Kreuzstab als Zeichen für das Hirtenamt und die Bischofsgewalt.

Auf dem Etikett der „Pétrus"-Weinflaschen ist der Apostel Petrus als Heiliger dargestellt, eine Sternenaureole bekränzt sein Haupt. Der Kopf erscheint in einem ovalen Bildfeld, aus dem der Namenspatron des Weingutes herausblickt, starr, wie eine orthodoxe Ikone. Das Gesicht ist entsprechend symmetrisch komponiert. Vor sich hält er das Signum seines Apostolats, den Schlüssel. Die Ornamente zeigen stilisierte Reben und Weinblätter. Mittig darüber sieht man ein Kreuz, das nach oben und nach unten weist. Rechts und links des Bildovals deuten die vertikalen Linien Bischofsstäbe an. Mit dem horizontalen Balken darüber wird auf ein Joch angespielt, auf das süße Joch der Passion.

1926 ändert sich das Etikett der Pétrus-Weinflaschen in der Gestaltung nur minimal. Die Petrus-Dastellung bleibt durch die Jahre gleich, wirkt auf uns heute altmodisch. Das Design mit seinen Schnörkeln stammt aus einer vergangenen Zeit. Der Jahrgang von 1926 zeigt noch nicht das Petrus-Bild, sondern zwei Goldmedaillen für 1. Preise bei den Ausstellungen in Paris von 1878 und 1889. Beim Wort Pétrus ist behelfsmäßig das betonte „é" mit einem hochgestellten Beistrich markiert; der gute alte Blei-Titelsatz. Das Wappen, das mit der verschlungenen Buchstabenkombination „CP" geschmückt ist, steht leicht verständlich für Château Pétrus.

Der biblische Petrus gebietet nach der Legenda Aurea über das Tor des Himmels, er hat die Gewalt zu binden und zu lösen, entscheidet also darüber, wer ins Paradies gelangt und wer nicht. Einlass haben nur jene, die fromm beten und sündenfrei leben. Gut deshalb, dass der Name Petrus zum

Schutzheiligen und Patron dieses Weingutes gemacht wurde, das im Pomerol liegt, in der Nähe der Stadt Bordeaux im Südwesten Frankreichs. Ob der Apostel Petrus ein „bekennender Alkoholiker" (so ein Teilnehmer während einer charmant-spontanen Tischrede) gewesen sei oder nicht, wird zwar immer im Dunkeln bleiben müssen, doch wissen wir, dass er keineswegs als Eremit oder gar zölibatär gelebt hat. Von Beruf war er Fischer, zudem verheiratet und leiblichen Genüssen nicht abgeneigt, doch glaubensfest. Petrus war, so wird in der „Historia Ecclesiastica" erzählt, „fröhlich, als man sein Weib zum Martyrium führt; er rief sie bei ihrem Namen und schrie ihr nach ‚O Weib, gedenke des Herrn'". Ob das ein ritterlicher Abschiedsgruss war, darf angezweifelt werden! Gewiss ist, dass sich kein Pétrus-Jünger der abendlichen Trinksoirée zu solch einer tugendhaften Predigt verstiegen hätte. Am Abend wurde eher den irdischen Genüssen gehuldigt, als längst vergangenen Idealen.

Petrus, der Fels, wurde aufgrund seiner starken, moralischen Festigkeit unter dem berüchtigten Kaiser Nero getötet, eben jenem Kaiser, der Rom anzündete und es dann den Christen in die Schuhe schob. Wie Christus endete auch Petrus am Kreuz in Rom entweder 64 oder 67 n. Chr. Er wünschte als irdisches Wesen, eine andere Form des Todes als Jesus und ließ sich mit dem Kopf nach unten auf das Holz binden. An dieses Martyrium gemahnt das nach unten weisende Kreuz auf dem Weinetikett des Pétrus.

Pétrus – die Weinflaschen

Eines lässt sich sagen: Die Form der Pétrus-Flaschen ist nicht elegant und weit entfernt davon, durch modernes Design verunstaltet zu werden. Jene ursprüngliche Form, jener Flaschenkörper also, der uns heute archaisch und etwas derb anmutet, war und ist für die Bordeaux-Gegend charakteristisch und das durchaus Normale. Wuchtige, schwere Landweinflaschen, besonders die mehrlitrigen Glasgebinde zeichneten sich durch diese Gedrungenheit aus. Die Versiegelung mit rotem Lack erforderte bei den frühen Flaschen noch eine handwerkliche Fertigkeit. Dieser rote Aufsatz veredelte die Flaschen, verlieh ihnen eine gewisse Würde. Der Pétrus erinnere an Zunge und Gaumen mit seiner Schwere, so meinte Karlo Wolf, an einen bodenständigen Weinbauern, der sich am Sonntag eine dicke Brokatweste übergezogen habe.

Pétrus, ein Klassiker aus dem Pomerol

Christian Moueix leitet heute das bekannte Wein-Handelshaus „Jean-Pierre Moueix". Er ist gleichzeitig Winzer und Besitzer mehrerer Weingüter, zwei davon liegen in Kalifornien. Das Weinhandelshaus hat seinen Sitz in Libourne, einer Stadt in der Region von St. Emilion und Pomerol. Libourne liegt etwa 50 Kilometer von Bordeaux entfernt. Christian Moueix studierte Agraringenieur in Frankreich und in Amerika. Er trat 1970 in den Betrieb seines Vaters ein, seit 1991 zeichnet er dafür verantwortlich. Im Besitze des Handelshauses stehen zehn bekannte Weingüter, die es auf rund 80 Hektar Reben bringen, darunter berühmte Châteaux wie: Trotanoy, Magdelaine, Certan Giraud und das Château Pétrus.

Das legendäre Weingut Pétrus liegt etwa 500 Meter nördlich von St. Emilion. Bearbeitet werden nur 11,5 Hektar; die Trauben können an einem Tag geerntet werden. Etwa 60 Fässer werden jährlich gefüllt; je nach Jahrgang sind das um 3000 Kisten mit je 12 Flaschen. Das Château Pétrus hat die bescheidene Grösse eines Bauernhofes. Im 19. Jahrhundert gehörte es der Familie Arnaud; anfangs des 20. Jahrhunderts wurde die „Société Ceville du Château Pétrus" gegründet. Um 1925 begann Madame Edmond Loubat Anteile zu kaufen, 1949 war sie die einzige Besitzerin. Seitdem hat das Weinhaus Jean-Pierre Moueix den Alleinvertrieb von Pétrus. Das Weingut Pétrus wurde vom Handelshaus Moueix zu einem Drittel 1961 und vollständig 1964 von den Erben der Besitzerin erworben.

Das wahre Geheimnis des Pétrus ist die Erde: „Auf dem Plateau von Pomerol finden sich Sand, Lehm und Kies, nur beim Château Pétrus ist es schwerer, stark eisenhaltiger Lehmboden. Normalerweise ist Lehm nicht gut für Spitzenweine, weil er zuviel Wasser speichert. Doch der hohe Eisenanteil garantiert einen perfekten Wasserhaushalt für die anspruchs-vollen Rebenwurzeln", so schreibt Hendrik Thoma (Welt am Sonntag, 2005). Die Rebsorten-Zusammenstellung beim Pétrus: „100%iger Merlot.

Nur in ganz grossen Cabernet France-Jahren wird ein kleiner Anteil mit dem Merlot verschnitten", so der Bordeaux-Papst René Gabriel (in: Bordeaux Total, Zürich 2005). Das Alter der Rebstöcke beträgt durchschnittlich 45 Jahre.

Seinen Ruf verdankt Pétrus seiner besonderen Langlebigkeit, selbst Jahrgänge um 1900 sind heute noch ein Genuss. Allerdings wird in Bordeaux „jeder Jahrgang bis zur letzten Minute vom Risikofaktor regiert. Ständig bewegen wir uns an der Grenze der Zerbrechlichkeit", so kommentiert Christian Moueix die nicht nur meteorologischen Unwägbarkeiten kurz vor der Erntezeit (in: Vinum, Sept. 2002).

Der Pétruswein ist Garant des Klassizismus in der Weinproduktion. Mit hohem Aufwand werden die Reben gepflegt. Im mengenreichen Jahr 1973 wurde erstmals im Frühsommer ein Teil der Trauben ausgesondert. Im Juli „führen wir eine grüne Ernte und im August, kurz vor der Ernte, ,Toilettage' durch, bei der alle schlechten Beeren entfernt werden" (Christian Moueix). Im Keller „sind wir keine Interventionisten", so der Besitzer. Die altehrwürdige, klassische Produktion gilt seit Jahren als absolute Maxime. Das führt zur ureignen Qualität, gewonnen aus kleinen, aromatischen Beeren, die in Betontanks vergären und in Eichenholzfässern 600 Tage lagern, Metamorphose von der Beere zum Wein.

Jan Saenredam nach Hendrik Goltzius, Bacchus von drei Trinkern verehrt, um 1590, Kupferstich,
334 x 320 mm. „Vater Bacchus, wie alle hingestreckt mit geneigtem Körper, bitten dich kniefällig, dass du
uns mit deinen Gaben beglückst …"

George Bataille

Potlatsch oder TauschGeschenk

„Der *Potlatsch* der Tlingit, Haida, Tsimshian und Kwakiutl von der amerikanischen Nordwestküste ist schon Ende des 19. Jahrhunderts eingehend
untersucht worden, aber er wurde damals nicht mit den archaischen
Tauschformen der anderen Länder verglichen. Die rückständigsten dieser
nordamerikanischen Stämme praktizieren den *Potlatsch* bei Gelegenheiten
einer Veränderung in der persönlichen Situation – Initiation, Heirat,
Bestattung –, und selbst in entwickelterer Form ist er niemals von einem
Fest abzulösen, dessen Anlass er entweder ist oder aus dessen Anlass er
stattfindet. Er schließt jedes Feilschen aus und besteht im allgemeinen in
einem beträchtlichen Geschenk von Reichtümern, das ostentativ gemacht
wird mit dem Ziel, einen Rivalen zu demütigen, herauszufordern und zu
verpflichten. Der Tauschwert des Geschenks ergibt sich daraus, dass der
Beschenkte die Demütigung aufzuheben und die Herausforderung zu erwi-
dern, der mit der Annahme des Geschenks eingegangenen Verpflichtung
nachkommen muß, sich durch ein noch größeres Geschenk zu revanchieren, das heißt, es mit Zinsen zurückzuzahlen. […] Es geht um die
Verausgabung des Überschusses. Einerseits müssen wir etwas verschenken,
verlieren oder vernichten. Aber das Geschenk wäre unsinnig (und wir wür-
den uns nie dazu entschließen), wenn es nicht die Bedeutung eines Erwerbs
hätte. *Schenken* wird so also heißen, *eine Macht erwerben.* Im Geschenk
vermag sich das schenkende Subjekt zu überschreiten, aber im Austausch
gegen den verschenkten Gegenstand eignet sich das Subjekt die Überschrei-
tung an: es betrachtet diese Fähigkeit, zu der es die Kraft gehabt hat, als
Reichtum, als eine Macht, die es von jetzt an besitzt. Es bereichert sich um
die Verachtung des Reichtums, und was es jetzt hütet wie einen Besitz, ist
die Wirkung seiner Freigebigkeit.

Georges Bataille, Das theoretische Werk. Band I. München 1975

Stefan von Breisky

Le Baron de Rothschild und sein Nachbar

Anlässlich der grossen Weinprobe, wo wir vor allem Château Pétrus ver-
köstigen durften, wurde, zum Vergleich, nach dem Imperial Château Pétrus
1985, ebenfalls ein Imperial des Château de Lafleur, aus dem selben
Jahrgang kredenzt. Unser Freund Karl Heinz Wolf erklärte dabei, dass nur
ein kleiner Pfad beide Weingüter trennt (und wie unterschiedlich beide
Weine sind). Dabei musste ich doch folgende klassische Anekdote der
Gesellschaft erzählen:

Le Baron de Rothschild ist empört – *outragé*. Er hat erfahren, dass sein
Nachbar – *voisin*, seinen Wein zum selben Preis verkauft – *même prix*, wie
sein „Mouton Rothschild".

Bei einer Zusammenkunft – *reunion du voisinage*, trifft er seinen *voisin*,
und fragt: *"Mon cher ami*, ich höre Sie verkaufen Ihren Wein zum *même
prix* wie meinen *fameux* Mouton Rothschild. Wie ist das possible? Sie haben
nicht de même tradition, nicht das *même savoir-faire*, nicht die *même cul-
ture*, nicht das *même je ne sais pas quoi …"*

Der Voisin: *„Mon cher Baron"*, und zeigt auf die Linie die den Tisch vor
ihm teilt, „rechts ist Mouton Rothschild, links ist mein Château, alles das
ist dasselbe, *la même chose."*

„Ah, mon ami", sagt daraufhin Rothschild, „da liegen Sie ganz falsch, *vous
êtes bien trompé.* Denken Sie an eine Frau, sie hat zwei Löchlein ganz nah
beisammen. *Mais quelle difference de bouquet!"* (Um Vergnügen an der
Geschichte zu haben, sollte man diese Anekdote immer zweisprachig erzählen, sonst wäre sie wohl auch etwas zu „deftig".)

Im Wein birgt sich viel

Im Wein
Birgt sich viel:
Spiel,
Schwermut und Lust.

Aber du mußt,
Ohne Ziel,
Dich ihm ergeben,
Nichts wollen
Und ganz ohne Verlangen sein.

Es sollen
Schon Weise auf leichten
Sohlen
Verstohlen mit ihm in den Himmel
Gegangen sein.

Georg Britting (1891–1964)

vom stummen sternengesicht rinnt helle
dunkelheit
der zecher wiegt sich im dunkeln in blühender
trunkenheit
er möchte die welt austrinken wie einen becher
voll wein
er möchte versinken
er möchte tief im herzen sein
diesen durst stillt nur vergehen
vergehen ist guter wein

Hans Arp (1886–1966)

Karl Heinz Wolf

Weinbeschreibung Château Pétrus, Château Lafleur

1985 Jahrgangsbeschreibung

Nach einem der kältesten Winter aller Zeiten stellte sich eine zeitige und erfolgreiche Blüte ein, die auf eine frühe Lese hoffen lies. Nach einem langen, heißen Sommer fand die Lese unter Idealbedingungen statt. Lediglich die Erträge waren hier und da etwas zu hoch. Nicht jedoch bei Pétrus und Lafleur, hier sind die Erträge aufgrund der alten Rebstöcke immer recht bescheiden.

1985 Pétrus Doppelmagnum 3l

Reifes Rubinrot, in der Nase reife reiche Maulbeerenaromatik, cremig seidige Textur, dicht, gute Länge am Gaumen, opulent, fruchtbepackt, konzentriert und vollmundig, derzeit auch in der Großflasche auf dem Höhepunkt.

1985 Jahrgangsbeschreibung

Nach einem der kältesten Winter aller Zeiten stellte sich eine zeitige und erfolgreiche Blüte ein, die auf eine frühe Lese hoffen lies. Nach einem langen, heißen Sommer fand die Lese unter Idealbedingungen statt. Lediglich die Erträge waren hier und da etwas zu hoch. Nicht jedoch bei Pétrus und Lafleur, hier sind die Erträge aufgrund der alten Rebstöcke immer recht bescheiden.

1985 Lafleur Doppelmagnum 3l

Junges kräftiges Rubinrot mit nahtlosem Verlauf, durch den hohen Cabernet-Anteil klassischer, tanninbetonter und jünger als Pétrus, herrlicher Duft roter Früchte, reife Feigen, insbesondere auch Kirsche und Himbeere, deutlich vielschichtiger in den Aromen, am Gaumen sehr komplex, feine reife Tannine, gute Länge, sehr komplexer Wein, insbesondere in der Großflasche noch weit von seinem Höhepunkt entfernt.

1983 Jahrgangsbeschreibung

Das Wetter verlief 1983 recht gut, denn trotz des schlechten Starts wurde es rechtzeitig zur Blüte schön und auch der Sommer fiel heiß und trocken aus. Die Lese begann gegen Ende September und fand unter idealen Bedingungen statt, nur die Erträge waren eindeutig zu hoch, dadurch erwiesen sich viele Gewächse als wässrig und reiften sehr schnell.

1983 Pétrus Imperial 6l

Sehr reife Farbe mit leichten Orangenessenzen, fruchtiges Bouquet nach sehr reifen eingekochten Früchten, aber auch eine feine Kräuternote kam zum Vorschein, ein Wein mit mittlerem Körper, am Gaumen überraschend reif mit leichten Bitternoten, kräftige, aber etwas rustikale Aromatik.

1978 Jahrgangsbeschreibung

Miserable Wachstumssaison. Ende August waren die Châteaubesitzer verzweifelt. Die Katastrophe nahte. Dann schlug das Wetter um und lies die Trauben bei wolkenlosem Septemberhimmel und ununterbrochenem Sonnenhimmel ausreifen, bis nach der ersten Oktoberwoche die Lese begann: „Das Jahr des Wunders". Konnte der Umschwung in letzter Minute wieder gutmachen, was die miserable Saison zuvor verdorben hatte? Bis zu einem gewissen Punkt durchaus. In Vielen Weinen fehlt eine gewisse Ausgewogenheit. Die besten jedoch sind sehr gut.

1978 Pétrus Jeroboam 4,5l

Mittleres reifes Kaminrot, exotischer Duft, auch Kräuter- und Ledernoten, wohlriechend, fleischig, am Gaumen etwas kurz und drucklos, aber interessante Vielschichtigkeit, sehr gut für schwierigen Jahrgang, hat in der Großflasche durchaus noch Entwicklungspotential.

1975 Jahrgangsbeschreibung

Mildes Frühjahr, günstiger Verlauf der Blüte, heißer trockener Sommer mit einigen Regenschauern, der die Trauben vor der Lese anschwellen ließ. Die Sommerhitze und – Trockenheit hatte zwar den Zuckergehalt in die Höhe getrieben, ließ aber auch die Beerenhäute dick werden. So entstanden Weine mit viel guter Frucht, hohem Alkoholgehalt, dunkler Farbe und viel Tannin.

1975 Pétrus zwei Eintel

Sehr reifes Kaminrot, cremige Textur, samtig und immer noch extrem Fruchtig, im Verlauf und zum Essen schöne Kirschsüße, kräftiger komplexer Wein, in der Eintelflasche absolut auf dem Höhepunkt oder leicht darüber.

1988 Jahrgangsbeschreibung

Feuchtes Frühjahr, sodass viel gespritzt werden musste; die Blüte fand unter wechselhaften Bedingungen statt. Es folgte von Juli bis September ein sehr trockener Sommer, wobei die Temperaturen im durchschnittlichen Bereich lagen. Die Ernte war relativ spät und die Trauben waren reif und dickschalig. Es entstanden Farbtiefe und tanninbetonte Weine.

1988 Pétrus Eintel

Kräftige, gesunde, junge Farbe mit schwarzem Kern, klassische Duftnoten: Kirsche, Schoko, „Mon Chérie", ein vielschichtiger und besonders charaktervoller Wein mit straffer Tanninstruktur und sehr großem Zukunftspotential, im Verlauf schöne Malznoten und feine Süße.

1989 Jahrgangsbeschreibung

Großer Jahrgang mit extrem früher Blüte, heißestem Sommer seit 1949 und frühester Lese seit 1893. Einige Châteaus ernteten zu früh und die Tannine waren nicht sehr reif. Nicht so bei Pétrus. Hier wurde relativ spät geerntet, so erklärt sich auch der hohe Alkoholgehalt von 13,5%.

1989 Pétrus Magnum 1,5l

Ein ernsthafter, großer: undurchsichtig, intensiv, purpurn; vollbepackt und kraftvoll, später entwaffnend süß, aber noch sehr tanninbetont, gute Frucht, aber auch leichte, erdige Trüffelanklänge, bezaubernde Eleganz, aber am Gaumen kein Blockbuster.

1945 Jahrgangsbeschreibung

Vielleicht einer der größten Jahrgänge des 20. Jahrhunderts. Eine frühe Lese erbrachte fabelhafte langlebige Weine von allerhöchster Qualität. Die minimalen Erträge waren auf die schweren Spätfröste im Mai zurückzuführen. Ein trockener, sengend heißer Sommer ließ Weine von außerordentlicher Reife, Konzentration und Kraft entstehen.

1945 Pétrus Doppelmagnum 3l

Tiefe, undurchdringliche Farbe, jung und frisch, in der Nase wechselte sich Portwein – Kirsche – Kaffee – Leder – Tabak – Eukalyptus ab, ein sehr facettenreicher, grandioser Wein der ewig am Gaumen bleibt, ein echter Blockbuster mit ewigem Leben, ein wahrer 100 Punkte Wein.

1926 Jahrgangsbeschreibung

Ein großer Jahrgang. Die Lese nach einem langen, heißen Sommer erbrachte bei geringem Ertrag Weine von hoher Qualität, die es in den boomenden Endzwanzigern zu enormen Preisen auf dem Markt brachten. In den Vereinigten Staaten herrschte noch die Prohibition.

1926 Pétrus Imperial 6l

Randlose brilliante tiefdunkelrote Farbe, als sei es ein moderner Jungwein, ohne jeglichen Alterston, Moschus – Maulbeeren – Zimt – reife Feigen – Kirschlikör-Bouquet, die absolute Explosion im Mund, sirupartige Textur, ein zeitlos großer Wein mit der Eleganz einer Prima Ballerina, mit enormer Oberweite und extrem langen Beinen. Ein Wein mit ungeheurem Sexappeal.

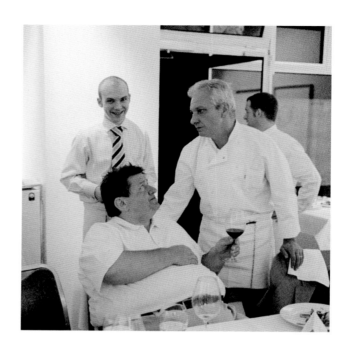

Menübegleitung

zur Verkostung von Pétrus-Großflaschen der Jahrgänge 1926–1989

Spargel mit Sauce Hollandaise

Rindercarpaccio mit Rucola, Parmesan und Zitronenvinaigrette

Radicchiorisotto

Kalbsbäckchen auf Gemüsefond mit verschiedenen Gnocchi

Italienische Käseauswahl: Gorgonzola, Provolone, Parmesan, Pecorino, Taleggio, dazu Birne und Fenchel

Profiterole gefüllt mit Vanillecreme auf Schokoladensauce mit Erdbeeren.

Domenico Fiorentino, geboren 11. Februar 1950 in Giovinazzo bei Bari in Italien. Er absolvierte die Hotelfachschule in Gallipoli und Salerno und sammelte erste Berufserfahrungen in Milano Marittima, Provinz Ravenna. Ab 1971 verschiedene Stationen unter anderem im Bayerischen Hof, München und im Hotel Kempinski und im Hotel Palace, Berlin.
1989 begann die Selbständigkeit mit dem Ristorante San Giorgio in der Mommsenstrasse 36. Die Leidenschaft für die Küche schuf ihm einen großen Kreis von Stammkunden und überzeugte auch die Gastronomiekritik, so zum Beispiel Wolfgang Siebeck. Im Jahr 2005 wurde er in das Buch „Who is Who" aufgenommen.

Jeannot Simmen

Die Welt – ein Studio, zu Jim Rakete

Alle Gäste des Pétrus-Abends wurden von Jim Rakete in einem behelfsmäßigen Studio fotografiert, das zu diesem Anlass im hinteren Teil der
Galerie Michael Schultz eingerichtet worden war. Kein Ausstellungsraum,
kein Kunstdepot, sondern der Ort, wo die Kataloge aus mittlerweile jahrzehntelanger Galeriearbeit lagern. Der Raum war in kürzester Zeit profes-
sionell hergerichtet. Länger dauerte es dann, bis die ersten Gäste in dieses
Fotoatelier gebeten wurden. Bis dahin hatten Fotograf und Assistent die
„Asservatenkammer" durchstöbert, begleitet vom gedämpften Klang der
Reden und Gespräche der fröhlichen Rotwein-Zecher. Sie erlebten den
Abend am Rande und blieben nüchtern, betrachteten diesen, „aus der Pers-
pektive des Linienrichters", wie Jim Rakete später meinte.

Jim Rakete liebt beim fotografischen Porträt die Unmittelbarkeit, das
direkte ‚Losschiessen', denn erst dabei kommt es zur besonderen
Begegnung: zu Begegnungen auf den ersten Blick und mit voller
Konzentration. Für den fotografischen Teil des Abends erinnerte er an die
Devise des amerikanischen Fotografen Irving Penn: „The world in a small
room". Denn Penn habe, so Jim Rakete, auf seinen Reisen oft auf engstem
Raum porträtiert, beispielsweise in einem Zelt. Dort fing er in der Mimik
der Porträtierten, die Vielfalt und die Weite der Welt ein.

Im Studio der Galerie bilden der Fotoapparat, Licht, ein Paravent und
Stuhl das ganze Inventar von Jim Rakete – Minimalismus wird hier zum
künstlerischen Konzept. Die karge Situation führt zum Wesentlichen: ana-
loge Fototechnik, analog auf viele, klassische Rollfilme. Aus mehreren Aufnahmen jedes Porträtierten wurde eine ausgewählt und für den Druck
dieses Buches digitalisiert.

Bemerkenswert ist, dass Jim Rakete keine Aufnahme am Bildschirm
schönt: „Digitale Fotografie ist unerotisch". Der bewährte Film liefert stets
die besten Ergebnisse. „Für mich ist das ständige Nachbearbeiten der Tod

der Fotografie. Digitales Fotografieren verlegt alles nach hinten. Das Bild entsteht immer mehr am PC als in der Kamera".

Die Porträts der Pétrus-Gäste sind schwarz-weiss gehalten, nicht farbig. Bunte Farben irritieren, lenken ab, sind beliebig. Schwarz und Weiß, Licht und Schatten bilden das Kompositionselement. Gesteigert werden in dieser minimalistischen Arbeitsweise die Nuancen. Die künstlerische Herausforderung besteht für den Fotografen in subtiler Differenzierung innerhalb der Grauwertschattierungen. Jim Rakete war der ideale Porträtist für den Pétrus-Abend, weil er keine momentane Aufmerksamkeit durch Effekte schafft, sondern weil seine Aufnahmen „anhaltend" wirken und sich beim wiederholten Betrachten vertiefen.

Jim Rakete

Porträts der Teilnehmer

Klaus Benden
Jan Bettink
NatHalie Braun-Barends
Stefan von Breisky
Jozsef Bugovics
Arie de Knecht
Hans d'Orville
Benedikt Eckbrecht von Dürckheim-Montmartin
Carl-Detlev Freiherr von Hammerstein
Martin Hoffmann
Jörg A. Hoppe
Florian Illies
Stephan Koal
Dieter Köll
Siegfried Lapawa
Rolf Lauter
Soo-hyuck Lee
Jörg Richard Lemberg
Ignacio Muñoz
Jan-Eric Peters
Michael Rosenberg
Hanns-Eberhard Schleyer
Michael Schultz
Jeannot Simmen
Frank Sperling
Guido Ulm
Axel Wanischeck-Bergmann
Wolfgang Wegner
Jochen Witt
Karl Heinz Wolf
Tarik Ersin Yoleri
Klaus Zillich

(Begleitet von vier Fragen und Kurzprofilen)

Klaus Benden

Was wollten Sie als Kind, Jugendlicher werden – Ihre Lebensvisionen?
Kapitän oder Feuerwehrmann.

Was macht Sie heute glücklich?
Die Menschen in meinem nahen Umfeld gesund und glücklich zu sehen.

Was wäre für Sie die Lieblingsbeschäftigung?
Das was ich mache – mich beruflich und privat mit Kunst zu
beschäftigen.

Was bedeutet Ihnen der ‚Pétrus'-Abend?
Ein unvergesslicher Abend, an dem gute Gespräche mit exzellenten
Weinen verbunden wurden und auch der Humor großgeschrieben wurde.

Klaus Benden ist seit 1989 Galerist und lebt in Köln. Nach einer erfolgreich
abgeschlossenen Banklehre, eröffnete er 1977 ein Antiquitätengeschäft.
1997 folgte ein Auktionshaus. In dieser Zeit kam es zu ersten Kontakten im
Bereich der zeitgenössischen Kunst. 1992 eröffnete er gemeinsam mit
Rainer Klimczak die Galerie Benden & Klimczak in Viersen. 2000 folgte
eine zweite Galerie in Köln. Privat engagiert er sich sehr im rheinischen
Karneval sowohl in Viersen, wie in Köln.

Jan Bettink

Was wollten Sie als Kind, Jugendlicher werden – Ihre Lebensvisionen?
Schon als Kind hatte ich eine ausgeprägte kaufmännische Neigung,
habe feste getauscht, ver- und gekauft mit meinen Freunden. Banker zu
werden, war schon als Teenager mein Ziel – Bankdirektor natürlich.

Was macht Sie heute glücklich?
Glücklich macht mich heute, wenn ich Zeit habe, keine Verpflichtungen
und keinen Termindruck. Die Seele ohne schlechtes Gewissen baumeln zu
lassen, ausgiebig in (auch alten) Tageszeitungen zu schmökern, Leuten
zuzusehen. Das am besten bei gutem Essen und Trinken. Also gar nichts
mit Zahlen …

Was wäre für Sie die Lieblingsbeschäftigung?
Vielleicht Hoteldirektor? Ich reise sehr gerne und finde es spannend neue
Menschen und Länder kennenzulernen.

Was bedeutet Ihnen der ‚Pétrus'-Abend?
Der Petrusabend war ein absoluter Höhepunkt in meinem Leben als Weintrinker. Eine derartige Vielzahl so exzellenter Weine an einem Abend wie
sonst in Monaten oder gar Jahren nicht – ein Traum, der dort wahr wurde
und den ich sicher nie vergessen werde.

Jan Bettink, geboren 19. November 1954 in Köln, ist seit April 2002
Vorstandsvorsitzender der Berlin-Hannoverschen Hypothekenbank AG
(BerlinHyp) in Berlin. Nach dem Abitur schloss sich eine Banklehre bei der
WestLB an, danach Tätigkeiten bei diversen Banken in Köln und Frankfurt.
Ende der 90er Jahre verließ er die Bankenlandschaft und wurde geschäfts-
führender Gesellschafter bei einem sehr erfolgreichen mittelständischen
Immobilienunternehmen in Süddeutschland, bevor er sich in 2002 ent-
schloss, sich noch einmal einer besonderen Herausforderung in der Banken-
welt zu stellen.

NatHalie Braun Barends

Was wollten Sie als Kind, Jugendlicher werden – Ihre Lebensvisionen?
Ich wollte Engel, Astronaut, Zeppelinpilot, eine universelle Sprache ent-
wickeln und mich mit Licht beschäftigen.

Was macht Sie heute glücklich?
Die innere Verbindung mit Urkräften, Natur, Familie, Freunde und anderen Menschen Freude bereiten, Lernen, und schöpferisch tätig zu sein.

Was wäre für Sie die Lieblingsbeschäftigung?
Kreativität zu entfalten und künstlerische Konzepte zu realisieren.
Eine Stiftung zum Wohl der Menschheit und der Natur gründen.

Was bedeutet Ihnen der ,Pétrus'-Abend?
Eine sehr gute und erinnerungswürdige Initiative, der ich gerne
beigewohnt habe.

NatHalie Braun Barends, ist auch bekannt unter verschiedenen Künstler-
namen wie At al H. B. Baum und Petsiré. Sie lebt, studiert und arbeitet in
verschiedenen Ländern. Die Bildende Kunst ist seit ihrer Kindheit Ihre
wichtigste Ausdrucksform. Ihr philosophisch-anthropologisches Konzept
findet in allen ihren Werken und Texten einen intensiven Wiederhall. Ihren
Studienabschluss als Master in Comunication and Arts machte sie an der
Universität von Sao Paulo, Brasilien.
Die bis heute entstandenen Werkformen gehören Bereichen der Malerei,
Fotografie, des Films, der Objektkunst und Lichtinstallation, Performance,
Workshops, Kunst im öffentlichen Raum, Architektur, Design, Schriftstel-
lerei sowie zahlreichen anderen Realisationen wie etwa sozialökonomischen
Projekten an.

Stefan von Breisky

Was wollten Sie als Kind, Jugendlicher werden – Ihre Lebensvisionen?
Als Kind/Jugendlicher hatte ich Visionen: die reichten vom Orchester-
dirigent, über Farmer in Afrika bis zum Koch und Besitzer eines Fein-
schmeckerlokals in einer Metropole oder in einem idyllischen Ort.

Was macht Sie heute glücklich?
Musik, Reisen, Jagd, Fischen, Rafting und selbstverständlich Kochen.
Zur Zeit schreibe ich ein Kochbuch, das den Titel „Von 6 bis 60" haben
wird, mit Anleitungen für kleinere und größere Gastmahle.

Was wäre für Sie die Lieblingsbeschäftigung?

Was bedeutet Ihnen der ‚Pétrus'-Abend?
Der Petrusabend war ein Meilenstein in meiner oenologischen Erfahrung.
Ich kenne mich relativ gut mit den Weinen der ganzen Welt aus. Eine so
intensive Beschäftigung mit einem der großen Chateaus Frankreichs hatte
ich bestenfalls vor 35 Jahren, als ich die Tochter eines Châteaubesitzers in
Burgund verehrte und dort meine Ferien verbrachte.

Baron Stefan von Breisky ist Inhaber einer der führenden Textileinkaufs-
agenturen in Portugal, Stefan von Breisky, Representações, Importações e
Exportações, Lda., Partner bei der Immobilienfirma Breisky + Breisky,
Sociedade de Mediação, Imobiliária, Lda. und Direktor und Mitglied des
Aufsichtsrats der Firma Arqueonautas Worldwide, Arqueologia Subaquá-
tica, S.A., einer der führenden Gesellschaften für Unterwasser-Archäologie.
Österreichischer Vater, amerikanische Mutter, geboren in Portugal, Schul-
besuch in einem bayrischen Internat und Schulabschluss in der Deutschen
Schule Lissabon. Er studierte Betriebswirtschaft und Welthandel in
München und Wien, N.Y. Institut of Finance in New York, arbeitete in Afrika
in einer Handelsfirma, als Investmentbanker und Stockbroker in New York
und London und lebt seit 1975 wieder in Portugal.

Jozsef Bugovics

Was wollten Sie als Kind, Jugendlicher werden – Ihre Lebensvisionen?
Schnell erwachsen, mangels besseren Wissens. Im zarten Alter von
10 Jahren kam dann für mich nichts anderes mehr in Frage, als Unter-
nehmer zu werden. Nach meiner Unternehmerkarriere würde ich gern in
die akademische Laufbahn wechseln und eine Schule oder Universität
für Hochbegabte gründen.

Was macht Sie heute glücklich?
Gutes Essen, guter Wein, angenehme Gesellschaft, Wohlfühltemperatur,
neue Dinge entdecken, das holde Geschlecht, das Meer, der Sport, das
Fliegen und vielleicht später einmal eine nette Familie mit Kindern.

Was wäre für Sie die Lieblingsbeschäftigung?
Eine zu finden fällt mir schwer. Vielleicht: Fliegen, Lesen, Denken,
Entdecken.

Was bedeutet Ihnen der ‚Pétrus'-Abend?
Unvergessliche Geschmackserinnerungen. Unglaublich potenzierte
Gaumenfreude. Brot und Wein mit Freunden teilen. Eine lebenslängliche
Sehnsucht nach 45er Pétrus in Imperial Flaschen.

Jozsef Bugovics ist Mitbegründer und Partner von Blue Corporate Finance
und lebt hauptsächlich in Leipzig. Er studierte Verfahrenstechnik und war
mehrfacher „Jugend forscht"-Preisträger. Nach seinem Studium gründete
er sein erstes Unternehmen, die MeTechnology AG, die später an die
Brokat AG verkauft wurde. Dort war er Mitglied des Executive Board. Er
war tätig als Chairman von MSign, einem internationalen Konsortium aus
60 Unternehmen der Telekommunikationsindustrie, bis zur späteren
Gründung von Blue Corporate Finance im Jahr 2001. Seither betreibt er
Investmentbanking und M&A im Mittelstand.

Arie de Knecht

Was wollten Sie als Kind, Jugendlicher werden – Ihre Lebensvisionen?
Groß und stark, Geheimdienstler.

Was macht Sie heute glücklich?
Nette Freunde und ein Fass Erdnussbutter.

Was wäre für Sie die Lieblingsbeschäftigung?
„Don Quichote" endlich mal zu Ende lesen.

Was bedeutet Ihnen der ‚Pétrus'-Abend?
Der Vorgeschmack auf den Empfang an der Himmlischen Pforte.

Arie de Knecht, Jahrgang 1948 ist seit 2000 Privatier und widmet sich seiner Familie, seinen Freunden und seiner Kunstsammlung. Das war nie ein Ziel, es war immer der Weg. Nach seinem Schulabschluss 1968 an einem Lyceum in Holland wurde er Russisch-Dolmetscher in der holländischen Marine und kam 1971 zu einer amerikanischen Handelsgesellschaft mit ausgedehnten Geschäftsbeziehungen zur Sowjetunion. Fast 30 Jahre war er in der UDSSR, später in Russland, tätig – hauptsächlich im Buntmetallhandel mit Schwerpunkt Nickel und Kupfer. Während dieser Zeit wohnte er in Moskau. Jetzt lebt und wohnt Arie de Knecht in Salzburg und verbringt seine Freizeit in Portugal und auf Kunstmessen. Bis 1996 waren es immer nur die Vorgesetzten, die wussten, wie Pétrus schmeckt.

Hans d'Orville

Was wollten Sie als Kind, Jugendlicher werden – Ihre Lebensvisionen?
Als frühreifer Zeitungsleser hatten mich die Politik und Diplomatie schon immer in den Bann gezogen.

Was macht Sie heute glücklich?
Epikuräische Erfahrungen und Momente mit guten Freunden; klassische Musik mit großartigen Künstlern; Gegenwartskunst aus allen Kultur-regionen; – und dann ist da noch das weltumspannende Reisen, dem ich seit mehr als 35 Jahren unwiderruflich verfallen bin.

Was wäre für Sie die Lieblingsbeschäftigung?
Lieblingsbeschäftigung? Ich habe sie ja, aber wenn es noch eine andere Wahl gäbe, wieso nicht Galerist oder Kultur-Impressario?

Was bedeutet Ihnen der ‚Pétrus'-Abend?
Ein superprivilegierter, kaum vorstellbarer und noch weniger wiederhol-barer Abend unter gleichgesinnten Epikuräern, Dank der Generosität und Vorstellungsgabe eines langjährigen Vertrauten (Michael) und eines neuen Freundes (Jörg). Einmaliger Einsatz und Herausforderung der Gaumen- und Geschmackssinne. Die vollendete Praxis der Verbindung zwischen Kunst, Genuss und stimulierenden Gesprächen auf höchstem Niveau.

Dr. Hans d'Orville ist seit 2000 Direktor für Strategische Planung bei der Organisation der Vereinten Nationen für Erziehung, Wissenschaft und Kultur (UNESCO) in Paris. Zwischen 1975 und 2000 übte er diverse Funk-tionen im Generalsekretariat der Vereinten Nationen (UN) und bei dem Entwicklungsprogrammen der Vereinten Nationen (UNDP) in New York aus. Höhepunkt all dieser Erfahrungen war dabei eine fast zehnjährige Tätigkeit bis 1995 als Exekutivsekretär einer internationalen politischen Lobby-Gruppe von mehr als 30 ehemaligen Staats- und Regierungschefs, InterAction Council genannt, die von Helmut Schmidt angeführt wurde.

Benedikt Eckbrecht von Dürckheim-Montmartin

Was wollten Sie als Kind, Jugendlicher werden – Ihre Lebensvisionen?
Bauer, General, Botschafter – möglichst viele Mitarbeiter, die zum Wohle meiner Familie produktiv arbeiten!

Was macht Sie heute glücklich?
Wahre Liebe, mein Vater, mein zu Hause, meine engen Freunde, gute Wildschweinjagden mit ausgewählter Verpflegung …

Was wäre für Sie die Lieblingsbeschäftigung?
Mit meinem Vater und den engen Freunden durch die Welt jagen und das Leben genießen!

Was bedeutet Ihnen der ‚Pétrus'-Abend?
Höchste Qualität, Geschichte und Genuss in großen Flaschen verschiedener Jahrgänge war für mich einmalig!

Graf Benedikt Eckbrecht von Dürckheim-Montmartin ist Landwirt und Immobilienkaufmann und in leitender Funktion bei der RWE-Group tätig. Weiterhin beschäftigt er sich mit Aufsichts- und Beiratsmandaten verschiedener Immobilienfonds und organisiert Hilfsprojekte in aktuellen Krisen- und Notstandsgebieten, vorwiegend in Osteuropa. Sein aktueller Wohnsitz ist Berlin und Rurich im Rheinland. Nach seinem Studium der Landwirtschaft in Freising-Weihenstephan hat er als Diplom-Ingenieur einen Master of Corperate Real Estate Management (MCR) in Atlanta/USA absolviert und die immobilienspezifische Abwicklung des ehemaligen VEB Kohlehandel, mit 5000 Angestellten und 300 Standorten in den neuen Bundesländern übernommen. Weitere europaweite Aufträge der RWE Tochter Rheinbraun AG folgten bis heute. In seiner Freizeit beschäftigt sich der noch nicht verheiratete Graf vornehmlich mit seiner Familie, Reisen und der Jagd auf Schalenwild.

Carl-Detlev Freiherr von Hammerstein

Was wollten Sie als Kind, Jugendlicher werden – Ihre Lebensvisionen?
Schon als Kind wollte ich Bauer werden und den elterlichen Betrieb, der in sechster Generation von uns betrieben wird, weiterführen. Meine Lebensvision ist ebenfalls in Erfüllung gegangen, einmal Politiker zu werden.

Was macht Sie heute glücklich?
Eine große Familie mit drei Kindern und vier Enkelkindern und zu wissen, dass das Gut der nächsten Generation übergeben werden kann. Und dass ich es trotz allem Stress im Leben schaffe abzuschalten und die Zeit mit meiner Familie zu genießen.

Was wäre für Sie die Lieblingsbeschäftigung?
Meine wenigen wirklich freien Stunden verbringe ich gerne mit Freunden und mit meiner Familie, gehe gerne zur Jagd und reise gerne.

Was bedeutet Ihnen der ‚Pétrus'-Abend?
Eine große Freude mit vielen interessanten Menschen einen besonders schönen Abend zu verbringen. Ich hoffe, dass ich im Rahmen meiner Möglichkeiten mein Bestes gegeben habe, den außerordentlichen Pétrus-Abend ein wenig mitgestaltet zu haben.

Nach Schule und Abschluss als Agrar-Ingenieur habe ich mit 26 Jahren den landwirtschaftlichen Betrieb übernommen. Ich kann mir mein Leben ohne Arbeit, die ich natürlich in reichlichem Maße habe, nicht vorstellen. Ich liebe es vor allem, mit und für Menschen zu arbeiten. Deshalb habe ich sehr viele Ehrenämter (Bürgermeister, Bauernkreisvorsitzender, Sportvereinvorsitzender, CDU Kreisvorsitzender etc.) stets mit großer Freude gemacht. Ich arbeite aber auch heute noch, um unabhängig zu bleiben und dies sowohl in wirtschaftlich und politischen wie auch in sozialen Fragen. Für mich bedeutet jeder positiv beschlossene Tag einen kleinen Erfolg, dieses war für mich sowohl in meinem langen politischen Leben als auch in meinem bäuerlichen Beruf von großer Wichtigkeit.

Martin Hoffmann

Was wollten Sie als Kind, Jugendlicher werden - Ihre Lebensvisionen ?
Der Mann am Piano.

Was macht Sie heute glücklich ?
Bruckner, Mahler, Sex & Rock'n Roll.

Was wäre für Sie die Lieblings-Beschäftigung?
Die Welt auf dem Seeweg entdecken – unter Segeln.

Was bedeutet Ihnen der ‚Pétrus'-Abend?
Dass es wirklich stimmt: „in vino veritas est"!

Martin Hoffmann, geboren 1959 in Nussloch, beendete 1991 sein Studium
der Rechtswissenschaften an den Universitäten Saarbrücken, Lausanne und
Hamburg mit der Großen Juristische Staatsprüfung. Bis 1993 war er wissenschaftlicher Referent am Max-Planck-Institut für ausländisches und
internationales Privatrecht sowie Rechtsanwalt in Hamburg. Ab 1994 leitete Martin Hoffmann das Sat.1 Büro Geschäftsführung 1, 1994 folgte die
Leitung der Sat.1 Business Affairs-Programmgeschäftsführung. 1997 wurde
er Geschäftsführer der Sat.1 Boulevard TV GmbH. Vor seiner Tätigkeit als
Vorstandsvorsitzender der MME Moviement AG führte er die Geschäfte der
Sat.1 SatellitenFernsehen GmbH bis Ende 2003.

Jörg A. Hoppe

Was wollten Sie als Kind, Jugendlicher werden – Ihre Lebensvisionen?
Kunst studieren an der Folkwang Schule Essen; ich wollte Maler werden.

Was macht Sie heute glücklich?
Familie / Freunde / Kochen.

Was wäre für Sie die Lieblingsbeschäftigung?
Malen / Kochen,

Was bedeutet Ihnen der ‚Pétrus'-Abend?
Beeindruckend / schön dekadent.

Jörg A. Hoppe ist Gründungsgesellschafter und heute unter anderem
Aufsichtsrat der MME Moviement AG. Seit fast 20 Jahren ist er Produzent
zahlreicher Fernsehformate und erhielt dafür unter anderem den Adolf
Grimme Preis 2000, den Echo 2002 und den Deutschen Fernsehpreis 2004.
Er ist Namensgeber, Initiator und Gründungsgesellschafter von VIVA. Er
arbeitete als Musikchef bei Tele 5 und Musikbox in München. Davor wirkte
er als Musikmanager und Verleger (u. a. Extrabreit, Westbam) in Berlin und
Hagen, wo er in den 80ern auch ein Programmkino betrieb. Er studierte –
nie länger als drei Semester – Lehramt Deutsch/Geschichte, Psychologie,
Sozialpädagogik, Musikwissenschaften, Medizin. Er lebt mit Frau, Kind und
Hund in Berlin-Wilmersdorf.

Florian Illies

Was wollten Sie als Kind, Jugendlicher werden - Ihre Lebensvisionen ?
Fußballer, dann Landschaftsgärtner, Hauptsache etwas mit Rasen.

Was macht Sie heute glücklich?
Vieles. Zum Beispiel, dass ich doch nicht Fußballer geworden bin, denn dann wäre ich jetzt schon pensioniert.

Was wäre für Sie die Lieblings-Beschäftigung?
Ein Kunstmagazin wie „monopol" mitzugründen und mit zu leiten.

Was bedeutet Ihnen der ‚Pétrus'-Abend?
Den einmaligen Geschmack des 45er Petrus noch immer genau auf der Zunge zu spüren.

Florian Illies, geboren 1971, ist Mitherausgeber der Kunstzeitschrift „monopol" und lebt in Berlin. Er studierte Kunstgeschichte in Bonn und Oxford und wurde dann Redakteur bei der FAZ: Er leitete die „Berliner Seiten" der FAZ und das Feuilleton der „Frankfurter Allgemeinen Sonntagszeitung". Er veröffentlichte zuletzt das Buch „Ortsgespräch", zuvor unter anderem „Generation Golf".

Stephan Koal

Was wollten Sie als Kind, Jugendlicher werden – Ihre Lebensvisionen?
In der DDR war ich damit beschäftigt herauszufinden, was ich nicht
werden möchte.

Was macht Sie heute glücklich?
Spannende Projekte mit guten Partnern, Sonne, Meer und Wellen.

Was wäre für Sie die Lieblingsbeschäftigung?
Kunst kaufen, ohne auf das Budget achten zu müssen.

Was bedeutet Ihnen der ‚Pétrus'-Abend?
Bei jeder guten Flasche Wein überlege ich nun, ob ich nicht noch vierzig
Jahre warten sollte.

Stephan Koal lebt als freier Kurator und Projektmanager in Berlin. Für C/O
Berlin kuratierte er Ausstellungen wie „Naoja Hatakeyama" und „China
Change" und holte Annie Leibowitz mit „American Music" nach Berlin.
Nach zwei wilden Jahren an Frank Castorfs Volksbühne, studierte er Foto-
grafie bei Roger Melis und Thorsten Goldberg, bevor er an der Lette Schule
das Studium zum Fotografen absolvierte.

Dieter Köll

Was wollten Sie als Kind, Jugendlicher werden – Ihre Lebensvisionen?
Als Kind hatte ich natürlich durchaus wechselnde Vorstellungen.
Besonders nachhaltig war der Wunsch, Arzt zu werden, obwohl es aus
meiner Familie hierzu keine Anregung gab. Geblieben ist die Bereitschaft,
mit Rat und Tat zu helfen.

Was macht Sie heute glücklich?
Es macht mich glücklich, dass meine Familie gesund ist.

Was wäre für Sie die Lieblingsbeschäftigung?
Wenn persönliche Neigung in einen Beruf mündet, ist das sicherlich ideal,
insofern wäre ich gerne Mediziner. Aber auch Motorsport hat mich immer
fasziniert, vielleicht wäre ich dann jetzt ein prominenter „Ehemaliger".

Was bedeutet Ihnen der ‚Pétrus'-Abend?
Unseren „Pétrus"-Abend habe ich mit Demut und Dankbarkeit genossen.
Nicht häufig begegnet man einer solchen Großzügigkeit. Eine wunder-
volle und nachhaltige Erfahrung.

Wie bei so vielen Söhnen hat sich der Beruf am Beispiel des Vaters orien-
tiert. Als Versicherungsmakler habe ich zwei Unternehmen mit Sitz in
Köln. Meine schulische Ausbildung war schon sehr früh von Auslands-
erfahrung geprägt. Jeweils ein Jahr in London und Genf waren Anfang der
60er Jahre eine tolle Erfahrung. Nach dem Abitur habe ich dann in Köln im
Gerling-Konzern meine ersten Schritte gemacht, bin dann aber nach
Abschluss der Ausbildung recht schnell in die Selbständigkeit gewechselt.
Ich bin verheiratet und freudiger Vater von einer Tochter und zwei Söhnen.
Meine privaten Interessen sind geprägt von der Jagd und einer großen
Schwäche für den Motorsport.

Siegfried Lapawa

Was wollten Sie als Kind, Jugendlicher werden – Ihre Lebensvisionen?
Hubschrauberpilot bei der Bundeswehr und Leistungssportler.

Was macht Sie heute glücklich?
Wirtschaftliche Unabhängigkeit, meine Familie und zufriedene
Mitarbeiter.

Was wäre für Sie die Lieblings-Beschäftigung?
Landwirtschaft und Weinanbau.

Was bedeutet Ihnen der „Pétrus"-Abend?
Weine zu trinken, die ganz wenig Menschen bisher auf der Welt trinken
konnten und neue, hochinteressante Menschen kennengelernt zu haben.

Dr. h.c. Siegfried Lapawa gründete 1985 im Alter von noch nicht ganz
24 Jahren in Solingen die Firma „Nivella Besteckteilfertigung" mit Ober-
flächentechnik zur Vergoldung. Hierauf folgte 9 Jahre später die Gründung
der SILAG Metallwaren AG, die im Rahmen der unterschiedlichen
Unternehmensfelder und Aktivitäten im Jahre 2002 umbenannt wurde in
SILAG Handel AG. Nach der Fachoberschulreife arbeitete er 14 Jahre als
Kaufmann, heute leitet er als Vorstandsvorsitzender die SILAG Handel AG.
Im Jahre 1999 erweiterte er das Geschäftsfeld um die SILAG Prozess-
wassertechnologie. Im vergangenen Jahr 2005 wurde er mit dem Deutschen
Umweltehrenpreis für die Entwicklung eines weltweit neuen Verfahrens bei
der Papierherstellung ausgezeichnet.

Rolf Lauter

Was wollten Sie als Kind, Jugendlicher werden - Ihre Lebensvisionen?
Die Gesellschaft verändern und dadurch gestalten.

Was macht Sie heute glücklich?
Der Umgang mit Kunst und Künstlern. Positiv denkende, fühlende und handelnde Menschen. Vertrauen zu geben und zu empfangen.

Was wäre für Sie die Lieblings-Beschäftigung?
Das Wahrnehmen, Erfahren und Empfinden von Wirklichkeit der Natur, Kunst und des Menschen.

Was bedeutet Ihnen der 'Pétrus'-Abend ?
Ein wunderschönes, intensives und besonderes Ereignis.

Geboren am 3. Dezember 1952 in Mannheim/Deutschland. 1972–1984 Studium der Kunstgeschichte, Klassischen Archäologie, Christlichen Archäologie, Philosophie und Romanistik in Heidelberg und Göttingen. Promotion im Jahr 1984 bei Prof. Peter Anselm Riedl, Heidelberg, über das Thema Variable Plastik. Untersuchungen zum Thema der Veränderbarkeit in der Kunst des 20. Jahrhunderts. Seit 1984 Wissenschaftlicher Mitarbeiter, seit 1989 Kustos und ab 1992 Oberkustos am Museum für Moderne Kunst (MMK), Frankfurt am Main. 1989–1994 Lehraufträge an der Philips-Universität, Marburg. Seit 2005 Vorlesungen zur Kunst des 20. Jahrhunderts an der Universität Mannheim. Kurator zahlreicher Ausstellungen zur Kunst der Gegenwart. In den Jahren 2000 bis 2002 neben der Museumsarbeit zusätzlich „Koordinator für Sonderprojekte kultureller Stadtentwicklung" der Oberbürgermeisterin in Frankfurt am Main und seit Oktober 2000 Leiter der städteplanerischen Projektgruppe ,Kulturmeile Braubachstrasse', Frankfurt am Main. Seit November 2002 Direktor der Kunsthalle Mannheim.

Soo-hyuck Lee

Was wollten Sie als Kind, Jugendlicher werden – Ihre Lebensvisionen ?
Als kleines Kind wollte ich ein Politiker, dann später ein Professor werden.
Schließlich träumte ich von einem Leben als Diplomat.
Auf jeden Fall wünschte ich mir als Jugendlicher, für das Wohl meines
Landes und meiner Mitmenschen einen Beitrag leisten zu können.

Was macht Sie heute glücklich?
Wenn ich das Gefühl habe, dass sich der Horizont meines Wissens
erweitert. Wenn ich mich mit guten Bekannten unterhalte. Wenn ich Zeit
habe, übers Leben nachzudenken.

Was wäre für Sie die Lieblings-Beschäftigung?
Musik hören, im Garten arbeiten, mit meinem Hund Beo zu spielen.

Was bedeutet Ihnen der ‚Pétrus‘-Abend?
Freundschaft schließen, die über die Grenzen hinausgeht.

Der Botschafter der Republik Korea in der BRD, Herr Soo-hyuck Lee, hat
Mitte Juni 2005 sein Amt angetreten. Als er stellvertretender Außen-
minister in Korea war, führte er als Delegationschef „Sechs-Parteien-
Gespräche“ zur Beilegung des Atomstreits mit Nordkorea. Er hat daher
großes Interesse an den Erfahrungen durch die deutsche Wiedervereini-
gung. Anfang diesen Jahres hat er ein Buch veröffentlicht, dessen Titel als
„Dialoge mit dem vereinten Deutschland“ zu übersetzen ist. Er studierte an
der Seoul National University sowie der Yonsei University (Seoul, Korea)
und der University of London.

Jörg Richard Lemberg

Was wollten Sie als Kind, Jugendlicher werden – Ihre Lebensvisionen?
Im Alter von 4 Jahren: Rennfahrer, mit 6: Großwildjäger, mit 8:
Kinderarzt in Afrika, mit 12: weltverbessernder Politiker. Heute freue ich
mich auf die Lösung unserer alltäglichen Aufgaben.

Was macht Sie heute glücklich?
Die Familie, Freunde und die unzähligen Möglichkeiten, die das Leben
bietet.

Was wäre für Sie die Lieblingsbeschäftigung?
Nach dem Tode neben Petrus Pétrus trinken und beraten: Wer darf rein?
Und wer muss in die Hölle.

Was bedeutet Ihnen der 'Pétrus'-Abend ?
Für mich war es eine große Freude, netten und mir wichtigen Menschen
einen besonderen Abend zu gestalten. Diese Pétrus-Probe wird es so
nicht ein zweites Mal geben, auf Formelles wurde wenig Wert gelegt, es
galt zu „geniessen".

Jörg Richard Lemberg, geboren 11. März 1960, verheiratet, fünf Kinder.
1983 Diplom-Verwaltungswirt, 1983 Studium der Volkswirtschaft, 1986
Gründung der Einzelfirma JR Lemberg. Erfolgreiche Entwicklung und
Sanierung von zahlreichen Firmen aus verschiedenen Branchen. Stadt-
entwicklung- und Erschließungsmaßnahmen im Hoch-, Ingenieur- und
Tiefbau wurden realisiert.

Ignacio Muñoz

When you were a child / teenager what did you want to become / what was your vision of life?
I was a strong, restless, charismatic child … and quite naughty. In a small provincial city in post-War Spain, and in a catholic and traditionalist atmosphere, with no television, very few films and books "allowed", my heroes were the priests, and I dreamed of becoming a priest and taking the gospel to people … But it was only a dream!

What makes you happy today?
I have enjoyed life greatly, always. I have had very intense and very diffe-rent human and professional experiences. I have met extraordinary people. Friendship, honesty, solidarity, tolerance … make me happy.

What would be your favorite activity?
To conduct a large orchestra. I like "conducting/managing", meaning "cre-ating". By extension, I would like almost anything that involves creativity.

What does the Pétrus-Evening mean to you?
I started to enjoy the Petrus-Evening long before the date fantasising on what it would be like and how lucky I was to participate in it. I prepared myself mentally and physically.

Prof. Dr. Ignacio Muñoz, President and CEO of Iris Net, Xtela and Caleidos companies. He studied at the Universities of Salamanca, Madrid and Rome, graduated in Philosophy in 1971 and did his PhD in "Lingue e Letterature Comparate" in 1974. Between 1976 and 1991 he taught Spanish Language and Literature at the Università degli Studi di Roma "La Sapienza". In 1991, back in Spain, he founded the META Company and collaborated very active-ly with major multinational IT companies such as Microsoft, IBM, Lotus, Oracle or Novell, in the adaptation of their computing programmes and contents to the Spanish-speaking market.

Jan-Eric Peters

Was wollten Sie als Kind, Jugendlicher werden – Ihre Lebensvisionen?
Ich wollte meine ganze Kindheit über Strafverteidiger werden.
Daraus ist dann doch nichts geworden. Dafür kann ich heute als
Journalist Ankläger, Verteidiger und Richter in einer Person sein.
Auch nicht schlecht.

Was macht Sie heute glücklich?
Paul, Luke und Ben, meistens jedenfalls. Und Anette natürlich.

Was wäre für Sie die Lieblingsbeschäftigung?
Ich wäre gerne Abenteurer, Reiseschriftsteller und Profisportler und
zwar am liebsten alles zugleich. Aber wer ernährt dann die Familie?

Was bedeutet Ihnen der ‚Petrus'-Abend?
Eigentlich ja Perlen vor die Sau, wenn ich meine Weinkenntnisse
bedenke. Aber einen Wein zu trinken, dessen Trauben im Zweiten
Weltkrieg geerntet wurden … Ein fast schon übersinnlicher Genuss.

Jan-Eric Peters, 41, ist Herausgeber und gesamtverantwortlicher Chefredakteur von „Die Welt", „Berliner Morgenpost" und „Welt Kompakt", der
ersten deutschen Qualitätszeitung im halben Format, die Peters neben
weiteren Zeitungsprojekten im In- und Ausland entwickelt hat. Unter seiner
Führung erreichten „Die Welt" und „Welt Kompakt" die höchste Auflage
seit mehr als 50 Jahren. 2005 wurde Peters vom Weltwirtschaftsforum als
Young Global Leader ausgezeichnet.

Michael Rosenberg

When you were a child / teenager what did you want to become / what was your vision of life?
I somehow knew that I did not want to enter any of my family's traditional professions, particularly medicine. I did know that I wanted to see and experience as much of the world as possible.

What makes you happy today?
The fact that I have achieved this dream and can relate and find commonality with people all over the world regardless of so called cultural, political or religious differences.

What would be your favorite activity?
Golf with dear friends followed by a "gemütlich" dinner perhaps over a couple of bottles of a great Bordeaux.

What does the Pétrus-Evening mean to you?
As a wine lover and collector I know that it was a once in a lifetime opportunity. To have had the pleasure to meet people of similar mind and interest on top of the indescribable Pétrus was a huge added bonus.

Michael J. Rosenberg is Chairman and CEO of Oceana Petrochemicals AG, Zug, Switzerland since 1994. His primary residence is in New Canaan, Connecticut, USA. He received his Bachelor of Science Degree from Long Island University in 1969. He has worked for several prominent commodity trading firms in both the metals and petrochemical field since graduation and started his own firm in 1994. Michael was recently introduced to the contemporary art world through his friendship with Michael Schultz and Arie de Knecht.

Hanns-Eberhard Schleyer

Was wollten Sie als Kind, Jugendlicher werden – Ihre Lebensvisionen?
Papst – weil die lateinischen Predigten, die ich nicht verstand, und die
liturgischen Gesänge, die die Grenzen meiner Musikalität aufzeigten,
einen besonders tiefen Eindruck auf mich gemacht haben. Später war für
mich ein Höchstmaß an persönlicher Unabhängigkeit entscheidend.

Was macht sie heute glücklich?
Meine Frau und meine fünf Kinder, die mich fordern und auffangen, und
ein Beruf, der mich Wirtschaft und Politik mitgestalten und immer wieder
interessante Persönlichkeiten kennen lernen lässt.

Was wäre für Sie die Lieblings-Beschäftigung?
Auf meiner Farm Etendero in Namibia „Seele baumeln" lassen.

Was bedeutet Ihnen der „Pétrus-Abend"?
Ein Abend, den ich so nie wieder erleben werde und den ich deshalb in
jeder Minute besonders genossen habe.

Hanns-Eberhard Schleyer ist seit 1990 Generalsekretär des Zentralver-
bandes des Deutschen Handwerks. Seit dem Umzug von Politik und Wirtschaft nach Berlin 1999 lebt er in der deutschen Hauptstadt. Nach dem
Studium der Rechtswissenschaften in Heidelberg und München arbeitete er
1969 in einer großen Anwaltskanzlei in New York. Die Erfahrungen mit der
Mobilität der amerikanischen Gesellschaft haben ihn stark geprägt. So begann er nach dem 2. Staatsexamen 1974 als Rechtsanwalt in einer interna-
tional ausgerichteten Kanzlei in Stuttgart. Sein politisches Engagement
führte ihn in die Landesregierung Rheinland-Pfalz, für die er ab 1978 als
Bevollmächtigter in Bonn, ab 1981 als Chef der Staatskanzlei in Mainz tätig
war. Im Jahr 1989 wurde er zum Generalsekretär des Handwerks und damit
zu einem der Repräsentanten der deutschen Wirtschaft gewählt.

Michael Schultz

Was wollten Sie als Kind, Jugendlicher werden – Ihre Lebensvisionen?
Postbote.

Was macht Sie heute glücklich?
... dass ich immer noch nicht erwachsen bin ...

Was wäre für Sie die Lieblings-Beschäftigung?
Barmusiker.

Was bedeutet Ihnen der „Pétrus-Abend"?
Rückkehr zur Mutterbrust.

Michael Schultz, seit 1986 Motor und Lenker seiner beiden Galerien lebt in Berlin-Charlottenburg und liebt die Welt. Vom 4.–16. Januar 1970 absolvierte er seinen Militärdienst bei den von Marieluise Fleißer geadelten Pionieren von Ingoldstadt. Danach folgten Ausflüge in die Studien- und Berufswelt des deutschen Bürgertums (Kraftfahrer, Steinbruchhelfer, Tankwart, Kellner, Platzanweiser, Student, Werbetexter, Journalist, Chefredakteur). Sein Studium der Musik- und Theaterwissenschaften an der FU Berlin fiel glücklicherweise in die Hauptzeit der Studentenstreiks. So schloss er sein Studium 1978 nicht ab und wurde von der Universität gebührenpflichtig verabschiedet.

Jeannot Simmen

Was wollten Sie als Kind, Jugendlicher werden – Ihre Lebensvisionen?
Prediger wie weiland Jesus; ein Medium – statt ein Medialer.

Was macht Sie heute glücklich?
Ästhetische Bilder und Ausstellungen, Familie, der Canaan, die Dahlienzucht.

Was wäre für Sie die Lieblings-Beschäftigung?
Alleinsein zu Zweit, zu Dritt: ich mit mir, meinen Bildern. Ein Papier ein Stift.

Was bedeutet Ihnen der ,Pétrus'-Abend?
Ein Wunder! Danke!

Dr. Jeannot Simmern, Autor und Ausstellungsmacher. Vorsitzender „Club Bel Etage" GbR Berlin. Professorentätigkeit: Lehrte Kunst- und Design an den Universitäten Kassel, Wuppertal und Essen. Publikationen u.a.: Telematik NetzModerneNavigatoren, 2002. Kasimir Malewitsch. Das Schwarze Quadrat, 1998. Vertikal. Eine Kulturgeschichte vom Vertikal-Transport, 1994. Vertigo. Schwindel der modernen Kunst, 1994. Der Fahrstuhl – Die Geschichte der vertikalen Eroberung (mit Uwe Drepper), 1983. Kunst-Ideal oder Augenschein. Ein Versuch zu Hegels Ästhetik, 1980.

Frank Sperling

Was wollten Sie als Kind, Jugendlicher werden – Ihre Lebensvisionen?
Als Jugendlicher wollte ich immer Fotograf werden. Visionen? – wohl
die schönen Augenblicke meines Lebens zu erkennen, solange ich noch
drinstecke

Was macht Sie heute glücklich?
Glücklich machen mich meine Frau und meine drei Kinder.

Was wäre für Sie die Lieblingsbeschäftigung?
Meine Lieblingsbeschäftigung ist das Sammeln moderner Kunst.

Was bedeutet Ihnen der ‚Pétrus'-Abend?
Der „Pétrus"-Abend in seiner angenehm lockeren und freundschaftlichen
Atmosphäre wird mir immer als etwas ganz Spezielles im Gedächtnis
bleiben. Die Jahrgänge 1926, 1985 und 1989 waren ein grandioses
Erlebnis, genial und unvergleichlich, aber der 1945er – eine Gabe Gottes.
Ich bin dankbar, dass ich dabei sein durfte.

Frank Sperling ist geschäftsführender Gesellschafter der Familienholding,
deren älteste 100% Beteiligung seit 1888 in Familienbesitz ist. Er lebt mit
seiner Frau in Niederbayern und hat drei erwachsene Kinder. Nach seiner
Schulzeit, die er abwechselnd in den USA und der französischen Schweiz
verbrachte, studierte er Volkswirtschaft und Jura an der Universität
Erlangen und Regensburg. Nach dem zweiten Staatsexamen war er als
Rechtsanwalt tätig bis zur Übernahme des Familienunternehmens. Er ist
leidenschaftlicher Jäger und Sammler.

Guido Ulm

Was wollten Sie als Kind, Jugendlicher werden – Ihre Lebensvisionen?
Anfangs stand der Sport im Mittelpunkt, später eine Affinität für Zahlen
und Organisationsabläufe. Die Lebensvision besteht darin bessere
Organisationsstrukturen zu schaffen.

Was macht Sie heute glücklich?
Ein anregendes Gespräch mit Freunden bei einer guten Flasche Wein.

Was wäre für Sie die Lieblings-Beschäftigung?
Mein Beruf und der Sport (Leichtathletik, Golf, Motorsport) sind meine
Lieblingsbeschäftigungen.

Was bedeutet Ihnen der ‚Pétrus'-Abend?
Ein einzigartiges Erlebnis, das schwer zu überbieten ist.

Diplom-Kaufmann Guido Ulm ist selbständiger Steuerberater mit dem
Focus auf Organisations- und Unternehmensberatung in Köln. Er studierte
an der Universität zu Köln mit den Schwerpunkten Wirtschaftsprüfung,
Steuerlehre sowie Steuerrecht und wurde 2000 zum Steuerberater bestellt.
Nach seinem Studium war er in zwei Wirtschaftsprüfungsgesellschaften
tätig, bevor er sich selbständig machte.

Axel Wanischeck-Bergmann

Was wollten Sie als Kind, Jugendlicher werden – Ihre Lebensvisionen?
Als Kind wollte ich vieles werden. Mir war aber bewusst, dass ich in jedem Fall eine freie Tätigkeit ausüben möchte, die mir, so stellte ich mir das vor, einen möglichst freien Grad der Zeiteinteilung gibt.

Was macht Sie heute glücklich?
Glücklich macht mich heute meine Gesamtsituation. Die Kombination aus einem sehr zufriedenstellenden Engagement verbunden mit einem glücklichen Privatleben erfüllt alle Wünsche.

Was wäre für Sie die Lieblingsbeschäftigung?
Meine Lieblingsbeschäftigung ist die Fortführung und der Erhalt meiner derzeitigen Lebenssituation.

Was bedeutet Ihnen der ‚Pétrus‘-Abend?
Der Pétrus-Abend war für mich ein einzigartiges, wahrscheinlich nicht zu überbietendes Highlight mit sehr netten Menschen in netter Atmosphäre, an das ich noch sehr lange zurückdenken und von dem ich gerne berichten werde. Es ist ein wunderbares Hochgefühl, dabeigewesen zu sein und mein besonderer Dank gilt den beiden Veranstaltern.

Diplom-Ingenieur Axel Wanischeck-Bergmann ist Partner in der Patentanwaltssozietät Stenger, Watzke & Ring in Düsseldorf. Er lebt in Düsseldorf und in Erftstadt. Nach dem Studium der Fachrichtung Bergbau in Aachen begann er 1989 seine Ausbildung als Patentanwalt in Köln. Referendariat beim Deutschen Patent- und Markenamt sowie dem Bundesgerichtshof in München, November 1992 Assessorexamen. Im Anschluss an dieses Examen gründete er 1993 eine Patent-Anwaltskanzlei in Rottach-Egern und übernahm 1996 die Patentanwaltskanzlei Köhne in Köln, die er als alleiniger Gesellschafter und zeitweise mit einem Partner führte, bis diese Kanzlei mit der Patentanwaltssozietät Stenger, Watzke & Ring fusionierte.

Wolfgang Wegner

Was wollten Sie als Kind, Jugendlicher werden – Ihre Lebensvisionen?
Ich hatte ein ganzes Spektrum hedonistisch verklärter Berufsziele vor
Augen: Rennfahrer, Forscher, Arzt, Großwildjäger.

Was macht Sie heute glücklich?
Der Spannungsbogen von kontemplativer Entrückung zur körperlich see-
lischen Grenzerfahrung.

Was wäre für Sie die Lieblingsbeschäftigung?
Das fahren von Langstreckenrennen mit guten Freunden in unberührter
Natur, begleitet von einem gut gefüllten Fouragewagen.

Was bedeutet Ihnen der ‚Pétrus'-Abend?
Der önologische Blitzschlag in den ausgetrockneten Weinverstand eines
dilettierenden Trinkers.

Dr. Wolfgang Wegner ist Jurist, Diplompsychologe. Er promovierte über
den Lügendetektor, bildete als Repetitor (1975–1995) eine Generation ange-
hender Diplom-Kaufleute, -juristen und Wirtschaftsprüfer aus. Arbeitete
seit 1997 als Vermögensverwalter und versuchte, parallel dazu, die Kind-
heitsträume zu verwirklichen. Er fährt Autorennen (am liebsten die 24-
Stunden-Rennen auf dem Nürburgring), geht Bergwandern, Jagen und auf
Reisen.

Jochen Witt

Was wollten Sie als Kind, Jugendlicher werden – Ihre Lebensvisionen?
Ein moderner Albert Schweitzer – tue die Dinge intensiv.

Was macht Sie heute glücklich?
Mit Familie oder Freunden in unberührter Natur zu sein.

Was wäre für Sie die Lieblings-Beschäftigung?
Eine ausgiebige Wanderung durch den Himalaja.

Was bedeutet Ihnen der ‚Pétrus'-Abend?
Ein seliges, seliges, geselliges Zusammensein.

Seit dem 1. Oktober 1998 ist Jochen Witt Vorsitzender der Geschäftsführung der Kölnmesse GmbH. Er hat seitdem intensiv den internationalen
Ausbau des Veranstaltungsprogramms und die Modernisierung des Kölner
Messegeländes vorangetrieben. Er ist seit Oktober 2005 Incoming President
des Weltverbandes der internationalen Messewirtschaft, UFI, und zur tur-
nusgemäßen Wahl im Herbst 2006 designierter President der UFI. Jochen
Witt wurde im Jahr 1952 in Schwerin in Mecklenburg, Deutschland, geboren. Nach dem Studium der Rechtswissenschaften war er bis 1986 als
Rechtsanwalt in Hamburg tätig. 1993 wurde er Sprecher der Geschäftsführung der Potash Company of Canada in Toronto und 1998 Mitglied der
Geschäftsführung der Wingas GmbH in Kassel. Jochen Witt ist verheiratet
und hat drei Söhne.

Karl Heinz Wolf

Was wollten Sie als Kind, Jugendlicher werden – Ihre Lebensvisionen?
Konrad Hilton, später Ferdinand Point.

Was macht Sie heute glücklich?
Große Weine, gutes Essen und Wagner.

Was wäre für Sie die Lieblings-Beschäftigung?
Alles was ich derzeit tue und ein großen Orchester zu dirigieren

Was bedeutet Ihnen der ‚Petrus'-Abend?
Große Weine, die ich alle vor vielen Jahren schon einmal getrunken habe,
als sie noch halbwegs leistbar waren.

Karl Heinz Wolf: Volksschule, Kochlehre, Hotelfachschule, 4 Jahre Schweiz,
England, Frankreich, seit Oktober 1972 selbständig. Zunächst Hotel und
Restaurant der Eltern in Bad Honnef, danach Kultrestaurant Chez Loup
Bonn 1975–80. 1978 Gründung Rungis Express und Wein Wolf später
Pommery Deutschland, Grand Cru Select, Weinart, Landart. Seit 1993 Salz-
kammergut, von 2001–2006 Neuaufbau des Weingutes Schloss Halbturn.

Tarik Ersin Yoleri

Was wollten Sie als Kind, Jugendlicher werden – Ihre Lebensvisionen?
Pilot.

Was macht Sie heute glücklich?
Meine Familie und meine Arbeit.

Was wäre für Sie die Lieblingsbeschäftigung?
Meine jetzige.

Was bedeutet Ihnen der ‚Pétrus'-Abend?
Geselligkeit mit interessanten Menschen.

Bereits während seines Maschinenbaustudiums an der FH Wiesbaden war Tarik E. Yoleri, geboren 1958, im Familienunternehmen Yoleri Vermögens-verwaltung GmbH, Frankfurt a/M., beschäftigt. Schwerpunkte seiner Tätigkeit waren: Projektentwicklung, Vermarktung von Immobilienprojek-ten und Vertrieb von Wohnungsbauprojekten. Parallel dazu gelang Tarik E. Yoleri 1982 der Einstieg in die Finanzdienstleistung. Hierbei lag die Hauptaufgabe in der Konzeption, dem Marketing und der Vertriebsorgani-sation von Kapitalanlageprodukten im Versicherungs- und Immobilien-segment. Parallel zu der beruflichen Entwicklung begann im Jahre 1985 das Interesse für Kunst und Kultur, mit der Folge, dass dies und die Sammler-Eigenschaft zum Beruf wurden.

Klaus Zillich

Was wollten Sie als Kind, Jugendlicher werden – Ihre Lebensvisionen?
Erst wollte ich Künstler werden, beeinflusst durch Großmutters alt-
meisterliche Stillleben, wie durch Tante Elli's moderne Kunst-
malerei.

Was macht Sie heute glücklich?
Meine Familie und besonders die Kochkünste meiner Frau, meine Alt-
herren-Fitness, meine Reputation als Hochschullehrer bei den Studenten,
die Umsetzung meiner verrückten Ideen in konkrete Entwürfe und Pläne.

Was wäre für Sie die Lieblingsbeschäftigung?
Das Nachdenken über die Folgen des menschengemachten Klimawandels
und die Belastungsgrenzen unseres Heimatplaneten auf dem Rücken
mongolischer Pferde entlang der Seidenstrasse als dem ersten Handelsweg
der globalisierten Welt.

Was bedeutet Ihnen der ,Petrus'-Abend?
Gott sei Dank, dass sich der Galerist und der Kunstliebhaber über den
Kaufpreis von Kunst nicht haben einigen können und gemeinsam mit
einem erlesenen Freundeskreis das Delta als genussvolle Kunst der
Verschwendung einer einzigartigen Pétrus Jahrhundert- und Jahrtausend-
Weinserie zelebrierten.

Prof. Dipl. Ing. Klaus Zillich lebt in Berlin. Seit 26 Jahren verheiratet mit
Petra. 1996 erhielt er gemeinsam mit dem Bauherrn Haschtmann den
Architekturpreis Berlin für die Wohnanlage „Siedlung Spruch". 1969
Diplom an der TU Berlin bei O. M. Ungers. Seit 1989 Professor für Städte-
bau und Architektur ebenda. 1992–2000 Planungsdirektor der Wasser-
stadt Berlin Oberhavel, 2004–2006 Vorbereitung und Durchführung einer
Interuniversitären Konferenz zwischen der TU Berlin und der Tsinghua
University Beijing zum Zukunftsthema „Green City Development Mech-
anisms".

Till Woeske
Christian Awe

Bodyguards

Impressum

Herausgeber	Jörg Richard Lemberg / Michael Schultz
Konzept, Texte	Jeannot Simmen
Fotografien	Jim Rakete
Redaktion	Joseph Imorde / Jeannot Simmen
Satz und Druck	Allprint Media GmbH, Berlin
Verlag	B & S Siebenhaar Verlag, Berlin

Copyright   Beim Verlag und den Autoren
Abbildungen, wenn nicht anders bezeichnet, aus der
Zentralbibliothek Zürich und aus dem Archiv Simmen

ISBN   3-936962-40-5 / 978-3-936962-40-6